講談社文庫

ハゲタカ2.5

ハーディ（下）

真山 仁

講談社

章扉イラスト／山田章博

目次

上巻／目次

ハゲタカ2・5　ハーディ　下巻

ハゲタカ2.5　ハーディ　下◎主な登場人物

松平貴子　リゾルテ・ドゥ・ビーナスの社長補佐、ミカドホテル創業家の長女
葵井珠香　貴子の妹、ミカドグループ総支配人、鬼怒川みかどの女将

鷲津政彦　サムライ・キャピタル社長
ナオミ・トミナガ　ホライズン・キャピタル代表取締役

モニカ・バーンスタイン　リゾルテ・ドゥ・ビーナス副社長
マリーヌ・ビーナス　リゾルテ・ドゥ・ビーナスの元会長である故フィリップの未亡人
ピエール・ビーナス　マリーヌの息子
アンリ・ドヌーヴ　リゾルテ・ドゥ・ビーナス前社長
ニコライ・ホイットマン　リゾルテ・ドゥ・ビーナスの新社長兼CEO

ジャン　経済紙“Les Echos”の若手記者

将陽明　香港の大富豪
美麗　将陽明の娘、中国国家安全部の工作員
賀一華　将陽明の孫、美麗の甥
安准　将陽明の部下、別名・呉鋭
梁　将陽明の部下

鎮烈　中国国家安全部の部長
張鋭心　鎮の部下

芝野健夫　曙電機CRO担当執行役員専務
宮部みどり　恵比寿屋本舗の元社長、米大手シティホテルのCRO

河上敏章　与党幹事長
西川大輔　外務省係長

第五章　ヒット

1

二〇〇七年三月二〇日　太平洋上空

鷲津《わしづ》政彦《まさひこ》は目が覚めると、隣席でウォール・ストリート・ジャーナルを読んでいるリン・ハットフォードの肩に触れた。日航機は、ようやく日付変更線を越えたあたりだ。

「何か、おいしそうなネタでもあるか」

「あら、お目覚め？　興味ないと思うけど、パリではちょっとした騒ぎになっているみたいよ」

リンが指で示したページには、リゾルテ・ドゥ・ビーナス社を巡る買収合戦がいよいよ本格化しそうだとある。

「オーナー会社の悲哀だな。しかし、あそこは優秀な経営陣が揃っていたんじゃなかったのか」

「老いらくの恋が災いしたのよ。フィリップは、三番目かの若妻と息子にビーナスグループ株の四〇パーセントを遺した。そこに経営陣同士の内紛が絡んで大変みたい」

世界中で毎日のように起きているお家騒動が、ビーナスグループにも起きたわけだ。

見出しを読んだところで興味をなくした鷲津は、大きく伸びをした。そして、客室乗務員《CA》にミネラルウォーターを頼んだ。

高級ホテルや老舗旅館を手に入れるファンドは多い。だが、鷲津は買収対象としてのホテル業界には興味がなかった。高い稼働率を維持するための経営努力が並大抵でないからだ。ホスピタリティを追求しようとすれば人件費が膨らみ、たとえ大盛況であっても利益率が上がらないというジレンマに落ち込む。さらに、過去に苦い経験もあった。

「ウチも入札に噛まないかと誘われたの。断ったけど」

サムライ・キャピタルという独立系ファンドを二人で立ち上げたが、経営とオファーの対応は、会長兼最高経営責任者《CEO》であるリンに一任している。そのうえ鷲津はこの二ヵ月ほど、屋久島に引きこもっていた。隠遁者のような生活がすっかり気に入ってずるずると滞在を延ばしていたのだ。「サブプライム問題で米国に異変」という警告がなければ、今も屋久島で惰眠三昧の日々だったはずだ。

しかし一三日、米国住宅ローン大手のニュー・センチュリー・ファイナンスがニューヨーク証券取引所で上場廃止となったというニュースを聞いて動かざるを得なくなった。

鷲津と共に屋久島に滞在していたリンは、最初の一ヵ月で「退屈」と言い残して東京に戻っていた。その間に、ビーナスグループ買収の協力依頼が来たのだろう。

「しっかり者のリンのお陰で、俺は業界研究に専念できたよ」

「嘘つき。仙人みたいに縄文杉の森を彷徨ってばかりいたくせに」

「いいぞ、あれは。人間がいかにちっぽけで愚かであるかを痛感できる」

「そんなものは東京でも充分実感できるわ。それでこの件、放っておいていいの？ビーナスグループはあなたの可愛《かわ》い子ちゃんのホテルのオーナーでもあるのよ」

松平貴子《まつだいらたかこ》のことを皮肉っているのだろう。鷲津が聞き流すと、リンの手が伸びてきて頰をつねられた。

「惚《とぼ》けなくていいのよ。ビーナスグループを手に入れたら、ミカドグループをあのお嬢ちゃんに返してあげられるわよ」

「本末転倒だな。そもそもビーナスに、そんな魅力があるのか」

鷲津はミネラルウォーターで喉を潤した。

「あまりにこだわりすぎたアマンリゾートに比べたら、私はビーナスの方が好みだけど」

だが、好き嫌いで企業を買収していたら、たちまち破産してしまう。

「では伺うが会長、サムライ・キャピタルは、リゾルテ・ドゥ・ビーナス買収に参戦すべきなのか」

「冗談でしょ。ああいうのは客として遊べるからいいのよ。ただね、あなたは心配じゃないのかなと思ったわけよ」

かつて鷲津がミカド・ホールディングズに投資したのを、リンはいまだに非難している。投資した理由の一つに、鷲津の感情的な理由があったからだ。

今でも、ミカドホテルには、貴子自身の手で立ち直って欲しいと思っている。誰かの助けで経営権を取り戻すようでは、真の再生など到底無理だ。この件については、サムライ・キャピタル調査部門の代表者かつ親友のサムからも既に耳打ちされていたが、その時の鷲津は聞き流した。

「それより、俺の心配はこっちだ」

鷲津は足下にあった鞄からファイルを手にした。サブプライムローンについての調査速報だった。

「アメリカは未曾有の金融危機に陥るぞ。にもかかわらずどうも連中はまだ楽観しているようじゃないか」

　リンが顔をしかめた。

「楽観しているんじゃないわね。本当の事を知るのが怖いのよ」

「ということは、嵐が来るわけだな」

「そうね。それに、まずい雰囲気が漂っている」

「何だ」

「隠蔽体質。まるでバブル時代の日本みたいに、不良債権なんてない、サブプライム問題は織り込み済みと声を張り上げている連中が多い」

　それだけ傷手《いたで》が大きいということか。つまり大きなチャンス到来ってわけだ。

　リンがＣＡにシャンパンを頼んだ。

「で、政彦、屋久島での成果を教えてよ。あなたのお勉強の結果、次のターゲットはどこなの」

　彼は万年筆を取り出すと、紙ナプキンに走り書きした。

　〝Ｗａｔｅｒ　ｏｒ　Ａｇｒｉ〟

鷲津が示した二つの〝獲物〟に、リンが目を細めた。

「面白そうじゃない。じゃあ、その資金稼ぎをしないとね」

後にリーマンショックとして爆ぜるサブプライムローンは、鷲津やリンが思った以上に根が深かった。だが、この時の二人には、まだその片鱗すら摑めていなかった。

シャンパンが運ばれてくると、リンはウォール・ストリート・ジャーナルを畳み、グラスを挙げた。

「新しい獲物に、乾杯しましょ」

2

パリ

三〇〇人は収容できるリゾルテ・ドゥ・ビーナスの大会議室が、メディア関係者で溢れ返っていた。貴子は壇上の隅でスタッフとして控えていたが、会見場の熱気で息苦しくなるほどだ。会見の壇上に座る三者の顔ぶれが、部屋の温度を上昇させているのだ。

「大変お待たせしました。それでは記者会見を始めます」

ビーナスグループの広報担当役員が、フランス語で開会を宣言した。続いて、壇上にいる三者が紹介される。中央に強ばった表情のマリーヌが、向かって左手にモニカが、そして右手には投資銀行バンク・オブ・ヘルベチカのCEOが悠然と腰掛けていた。

司会者が、リゾルテ・ドゥ・ビーナスの経営体制についての説明を始めた。

「我々リゾルテ・ドゥ・ビーナスグループは臨時取締役会を開き、より健全な経営を目指すべく、バンク・オブ・ヘルベチカのご支援を受け、組織再編を行う事に致しました」

記者が一斉に挙手したが、広報担当役員は苦笑いして指を振った。

「まだ、フライングですよ。ご質問は後ほどたっぷり伺いますので、まずは発表をお聞き下さい。新しい組織図については、お配りした資料をご覧下さい。端的に言えば、現在のグループを包括する持ち株会社ヘルベチカ・インベストメントを設立致します」

組織図では、持ち株会社の傘下として、リゾルテ・ドゥ・ビーナスがある。さらに、顧客管理、デベロッパー、備品調達、ジェット機や船舶の運航管理、そしてクレジットファイナンス部門など、本業以外の部門を分社化して経営の軽量化を図ると明記されている。

「持ち株会社の代表取締役会長にマリーヌ・ビーナスが、社長兼CEOにバンク・オブ・ヘルベチカ代表のニコライ・ホイットマン氏が就任致します」

持ち株会社のCEO就任は、ビーナスグループ全体の経営権を握ることを意味する。会場がざわつきだした。

「つまり、御社はバンク・オブ・ヘルベチカに身売りしたわけですね」

最前列にいた記者が指名される前に発言した。

「ノン、あくまでも経営権は筆頭株主であるマリーヌ・ビーナスおよび故フィリップ・ビーナスのご遺族によって組織されるオーナーズ・クラブにございます。ホイットマン氏は、傘下の各企業の経営についての執行責任を負います」

要するにいがみ合うフィリップの遺族をまとめて過半数の株を押さえ、一族としてオーナーの地位は維持するが、経営はプロに委ねるという仕組みだ。

ただ、広報担当役員も知らない事実がまだある。ヘルベチカがスイスに本社を置く投資銀行であるのは事実だが、実質的オーナーは将陽明《ジャン・ヤンミン》だ。いかにもスイス人金融マンらしい取り澄ました態度を崩さないホイットマンは、将陽明の傀儡だった。ヨーロッパでのビジネスを展開する際、中国人に対する偏見を回避するためのカモフラージュとして、経営陣の顔をスイス人で揃えていた。

貴子が解せないのは、このスキームで、どうやって鷲津をおびき出すのかということだ。新しい事業計画書内には、ミカドホテルについての言及はない。貴子はモニカの強い要請で、リゾルテ・ドゥ・ビーナス取締役CSO室長兼アジア太平洋地区担当責任者に就任するように言われており、将はそれを受け入れていた。おそらくは、新体制が整ったところで、ミカド奪還の手を打つつもりなのだろう。

「ビーナスグループは約三〇億ユーロの負債を抱えているはずですが、それはどのようになるのですか」

新体制の説明が終わるなり、待ちきれない記者が、ウォール・ストリート・ジャーナルがスクープした負債について質問した。司会が制止する前に、ホイットマンが口を開いた。

「実際に不良債権化しているのは、その半分程度です。それについては弊社の方で支援を致します」

「見返りは？」

「議決権なしの優先株を頂戴致します」

「元社長のドヌーヴ氏が設立した投資会社も、経営参画を求めていたと思うのですが」

別の記者が続くと、今度はマリーヌが答えた。

「ご遠慮いただきました」

「それはドヌーヴ氏に対して特別背任の訴えをされているからですか」

社長在任中に個人的に社の資金を横領した疑惑や、強引な投資で大きな損失を招いたとドヌーヴを訴えていた。

「取締役会の総意です。なお、ドヌーヴ氏に対する告訴は取り下げました」

告訴を取り下げる代わりに、経営陣への復帰を断念せよ。将がそうねじ込んだと聞いている。

「マリーヌさんを支援されていたシュルツ氏の去就は」

「その件については、ご本人の強いご意向で次の株主総会で退任されます」

退任に当たっては、三〇〇万ユーロの特別報酬が支払われる。いわゆるゴールデン・パラシュートだ。シュルツは、意外にあっさりと応じたようだ。

これで表面上は、ビーナスグループを取り巻くすべての不安要素が取り除かれたように思える。

貴子と同様に壇上の後方席で、美麗《メイリ》がマリーヌの様子を見守っている。この会見後、彼女が仕掛けた〝復讐〟が幕を開けるのだ。

貴子自身も、美麗の戦略のすべてを知っているわけではないが、将陽明という怪物を叩き潰すのは容易ではない。それを承知で挑むからには、相当な覚悟が必要だと思うのだが、美麗のどこにそんな強さが潜んでいるのか。

「具体的な企業戦略等につきましては、四月に開催予定の臨時株主総会にて詳しくご説明致します。本日は、ご清聴ありがとうございました」

なおも挙手が続く会場を無視して、司会者が会見を打ち切った。

3

二〇〇七年三月二一日　パリ

真っ暗な部屋に置かれたピアノを前に美麗はぼんやりと座っていた。午前零時を過ぎている。大役を終えたマリーヌはすでにベッドの中だ。演奏が許される時刻ではないが、ピアノの前にいるだけで心が落ち着く。

記者会見はうまくいった。その後に父に報告すると、上機嫌だった。

計画通りに進んでいるのに気を良くしてか、美麗の緊張を父は気づかなかったようだ。少しでも隙を見せれば、策謀は見破られる。そうなれば、娘であっても彼は容赦なく叩きのめすだろう。

彼女は込み上げてきた感情のままに小さく鍵盤を一音だけ叩いた。夜の闇に哀しげな高音の響きが溶けていった。

孤独――それは今に始まったわけじゃない。極端に言えば、生まれてからずっと孤独だった。薄幸だった母は美麗を愛してはくれたが、大富豪の愛人としては余りにも初心《うぶ》すぎた。やがてもっと強欲なライバルたちに蹴落とされ、病に倒れた。父はそれなりの手当はしてくれたが、それも時間とともに消え去り、九龍のアパートで母は孤独を嘆きながら逝った。美麗が一〇歳の時だ。世話になっていた近所の果物屋の夫婦が、わびしい葬儀を執り行ってくれた翌日の早朝、彼女は香港島のアバディーンにほど近い陽明の豪邸に一人で向かった。陽明は不在で、応対に出た使用人は、彼女を虫けらのように追い払おうとした。しかし、彼女は頑として動かず、ずっと門の前で膝を抱えて座り込んだ。夕暮れが迫った頃、彼女の前に黒光りした高級車が停まった。

車内で父が微笑んでいた。

「やあ、藍香《ランシャン》じゃないか」

父に勧められるままに車に乗り込んだ。父はしばらくの間、何も言わずに美麗を抱きしめた。苦しくなって彼女が体を動かすと手を緩めた。

「母さんが死にました」

そう呟くと、陽明は寂しげに頷き、大粒の涙を流した。

「申し訳ないことをした。本当に、ごめんよ」

彼はそう言ってまた美麗を抱きしめた。その夜、美麗は父と二人でビクトリアピークにある陽明の別宅で食事をして、同じベッドで寝た。

どうにも目が冴えてしまい、遂にはベランダに出て、高層階マンションの足下に広がる光の海を眺めていた。人は生まれる先を選べない。劣悪か裕福かは運まかせだ。だが、生き残る強い意志があれば、こうやって世界を見下ろすような生活もできる。子供心に、そんな野望めいたものが少しずつ美麗の心の奥底に積もっていった。

三年間そこで暮らした後、彼女は父が好きに使っていいと残していった金と貴金属を手にマンションを出た。その後、一八歳で強盗を働いて逮捕され父に見つけられるまで、彼女は誰かに頼ることもなく、独りで九龍の街で生き抜いてきた。

誰も信じない。頑なに他人を拒み、心の芯まで冷えきった美麗にアランは魂を吹き込んでくれたのだ。

扉が開く音がした。暗がりでも一華《イーファ》だと分かった。

「何だ、また想い出旅行に耽っているんだな」

美麗は無視して、鍵盤を叩いた。

「今日はね、美麗にプレゼントを持ってきたんだ」

彼は手にしていた鞄を床に置いた。

「見覚えがないかい」

ピアノのそばにあるライトを灯すと、飴色になった革製の旅行鞄が浮かび上がった。

「私の鞄？」

「そう。日本に置きっぱなしだったんだよ。ずっと僕が預かってた。僕も、すっかり忘れていたんだけど、先月香港に帰って荷物の整理をしている時に思い出してね」

「そう、ありがとう」

嘘くさい話だが、いつものことだ。どうでもいい。

頼みもしないのに、一華は鞄を開けた。

「素敵なプレゼントというのはさ、これだよ。ほら、いい顔で写っている」

彼は一枚の写真を取り出すと、ピアノの蓋の上に置いた。それを一目見て、美麗は叫びそうになった。アランと日光で撮った写真だった。

「幸せそうな笑顔だね。これを見る度に、僕は己が犯した罪を悔いているんだ」

だが、一華の口先だけの懺悔など耳に入らなかった。なんて輝くような笑顔でアランは笑っているんだろう。そして、まるで別人のように幸せそうな自分。美麗の人生の中で、唯一の輝ける日々だった。

「このアランの右にいる女の子は誰だい」

一華の無遠慮な指先のせいで、彼女は現実に引き戻された。

「たしか、シャーリー。日光に遊びに来ていた留学生だったと思う」

謝慶齢《シエ・チンリン》といったはずだ。北京大学の学生で、交換留学生として東京大学で学んでいた。日光にハマったとかで彼女が長期滞在していた時に知り合った。互いに気が合い、滞在中はずっと行動を共にしていた。

「シャーリーって、本名は何ていうんだい」

「そんなことを聞いてどうするの」

一華に無闇に情報を与えるのは危険だった。

「いや、もしかしてこの子かなと思ったんでね」

一華が、一通のエアメールを差し出した。ボストンからの手紙で、差出人は謝慶齢とある。

「これはどうしたの？」

「大岡山のアパートに届いていたんだ。回収が遅れちゃったんだけどね」

日付は半年前だ。封はされていたが、それだけで一華が読んでいないという証拠にはならない。手紙を開くと、丁寧な手書きの文字が目に飛びこんできた。

〝ハーイ、美麗ねえさんお元気ですか！
私は、ハーバードロースクール最終年を充実しながら過ごしています。最大の問題は、法律家としてニューヨークで磨きをかけるべきか、それとも故郷・上海に戻るかです。
来月日本に行きます。お時間あったら、会ってください！　日程決まったら電話します。
謝慶齢〟

おっとりとした育ちの良さそうな娘だった。だが、頭脳は明晰で社会に対する問題意識もしっかり持っており、頼もしさを感じたのを思い出した。

「遅くなってしまったんだけど、渡しておくよ。なんなら、彼女の居場所を探そうか」

「その必要はないわ。じゃあ、おやすみ。またあした」

美麗は立ち上がると、甥を追い立てた。

「美麗、僕を信用してくれよ。僕は絶対あんたを裏切らない」

扉の前で一華はいかにも真剣そうなまなざしで訴えた。

「あなたは信じられないわ。信じて欲しいなら言葉ではなく行動で示してちょうだい」

そう言って扉を閉めた途端、再び美麗の周りに孤独と闇が覆い被さってきた。

4

デスクライトの明かりの下で、経済紙"Les Echos"の挑発的な見出しが躍っているのを、美麗は冷静に見つめていた。

美麗のリークがスクープになっている。

中国人がフランスの至宝を詐取か
ビーナスグループ買収の真相

賽《さい》は投げられた。これからは将陽明という策士と、目に見えない碁を打つような闘いをすることになる。相手は連戦連勝の王者であり、彼女は定石すら知らない素人だ。だが美麗は、むしろそこに勝機を見出している。陽明は同じ世界にいる者の手は全て見通せても、美麗が仕掛けるようなゲリラ的な攻撃には弱いはずだから。

“Les Echos”の先制攻撃も、陽明のやり方としてはあり得ない戦略だった。彼は闇の中に身を置き、標的を完全に手中にするまでけっして身を晒さない。派手な動きをせず、影に徹するのだ。だからマスコミで派手に騒がれるのを最も嫌う。

果たして父は、どう反応してくるのか。美麗には読めなかった。だが、意外なところから火の手が上がった。三〇分ほど前に一華が「ナオミ・トミナガが大騒ぎしている」と電話を入れてきて、あの記事の思わぬ効果に驚いた。

トミナガはドヌーヴのファイナンシャル・アドバイザーだ。彼らが騒いでくれれば、さらに陽明は混乱するだろう。

美麗は、父を光の当たる場所におびき出したいのだ。世間が将陽明という怪しい人物の存在を知れば、それが彼の手枷足枷《てかせあしかせ》になる。

いずれにしても次の手はもう打ってある。美麗は新聞の下に隠れていた一枚の写真を取り出した。古ぼけたモノクロ写真だったが、ライトの光に照らされた写真の女性は、輝くほど美しかった。写真の主は、松平華《はな》とある。貴子の祖母なのだという。確かに面影がよく似ている。

――爺さんが、あの女にご執心なのは、鷲津のせいだけじゃないよ。

一華が以前、何気なく呟いていた。

――笑っちゃうぜ。あの爺さんの初恋の女にそっくりなんだそうだ。だから、案外本気で日光のホテルをそっくり返してやるつもりかも知れないよ。

陽明の弱点になるかも知れないと思った。陽明は近頃、妙に情に溺れてしまったかのような行為をする傾向がある。記憶を失った美麗を組織から外そうとしたり、一人物思いに耽って船遊びを続けてみたり……。〝赤い龍〟と呼ばれた妖怪にも、老いが忍び寄っているのかも知れない。

ならば、貴子をカードとして使わない手はない。美麗は、貴子を陽明の元に遣わすことにした。

ミカドホテルを取り戻すためなら、何でもやるという意志を明言した貴子は、あっさりと美麗の頼みを聞いてくれた。

ブローニュの森にも夜明けが訪れたようだ。鬱蒼とした森と空の狭間が群青色に輝き始めた。

5

将との待ち合わせ場所を目指す貴子に寄り添うように長い黒塗りのリムジンが止まった。後部座席のドアを開くと、黒のマオカラーに身を包んだ将がこちらを見ていた。

「浮かぬ顔ですね」

車が発車するなり、将が貴子の心中を察した。

「この記事のせいです」

持参した“Les Echos”を開いてみせると、将は指で軽く紙面を叩いた。

「卑劣な記事です」

「モニカが心配しています」

実際は怒り心頭で、朝から喚き散らしている。

「心配には及ばないとお伝えください」

「でも、ここに書かれていることは事実では」

「事実関係はそうかも知れませんが、別に私は詐欺を働いたわけではない。確かにヘルベチカは、私の企業集団の一員ではある。しかし、私自身は経営にはほとんどタッチしていない。そもそも支援を受ける側にとって、大切なのはお金ではないですか。カネに色はありません。私がバックにいようがいまいが、ビーナスにとってはさしたる違いはありません。むしろ大物の後ろ盾が付いたと感謝すべきなんですよ」

金融マンはいつも同じ理屈を言う。分からないでもないが、心情的な蟠りを無視すると、そこから綻びが広がると思えてならない。

「それでは、モニカは納得しないと思います。リゾルテ・ドゥ・ビーナスは、世界最高のサービスを提供してきたという自負があります。そのブランドが穢《けが》されたと、彼女は考えています。何らかの手立てを打っていただいた方がいいと思います」

「パリっ子の悪いところですね。いや、フランス人のと言えばいいのでしょうか。自分たちは世界一上品で、最高級だと思い込んでいる。だから、アジア人の支援を受けるなんて屈辱だと。その上アメリカ人も嫌いと来ている。なのに散財ばかりするし、ビジネスとして脇も甘い」

将の指摘は正しい。貴子も似たような実感を抱いている。フランスは独善的だし、常に世界の中心にいないと我慢出来ない国だ。

「仰る通りだと思います。とはいえ、この記事は黙殺できません」

「王は些末な出来事に一喜一憂しないものです。バーンスタイン嬢にそう伝えなさい。あんな三流紙のデマなど無視すればいいと」

将はそこでテーブルの上にあるポットを手にした。

「私が致します」

すかさず貴子が代わろうとしたが、それを制して将は青磁の急須にお湯を注いだ。

「それよりも、この情報がどこから漏れたかが問題です。心当たりはありますか」

それは貴子自身が聞きたいことでもある。

「将さんにはお心当たりがないのですか」

「なくはありません。ただ、私はフランスのメディアに、さほどの情報源を持っていませんのでね。あなたがたの方が、よくご存じではないのかな」

「広報などに当たらせていますが、よくは分からないようです。私は、ドヌーヴ元社長が流したのかと考えていたのですが」

今回のビーナス再建に当たって、彼らだけが蚊帳の外に置かれている。黙って指をくわえて見ているとは思えなかった。

「なるほど、確かに一つの可能性ではありますな。特にあの御仁のそばには、小賢しい女狐がついておりますから」

「トミナガさんですね」

陽明が器用な手つきで急須を回して、二人分の茶碗にお茶を注いだ。烏龍茶の濃厚な香りが室内に漂った。

「そういう名前でしたな。あの女がいかにもやりそうな手です」

「彼女は、D&BのFAを解任されたのでは」

「何とかしがみついているようですよ。何しろキツネは獲物を口にするまでは、絶対に狩場から去りませんからな。やはり魔法瓶のお湯ではぬるいようです。今ひとつ、鉄観音の深みある味わいが出てこない」

烏龍茶を楽しむ秘訣の一つは、沸騰したお湯を注ぐことにある。リムジン内では望めないのだが、将にはそれが不満のようだった。車はセーヌ川沿いを西に走り始めた。

「ところで、もう少し様子を見てからと思っていたのですが、こんな記事が出てしまいましたので、私たちも作戦を早める必要が出てきました」

「準備は出来ています。何なりと仰って下さい」

「それは頼もしい。ただ、私の策の全てを伝えてしまうと、あなたがバーンスタイン嬢たちに怪しまれる危険があります。なので、多くは申しますまい。あなたはご自身の思った通りに行動して下されば結構です」

「具体的には何を」

将は二杯目のお茶を淹れている。流れるような優雅な作業を続けながら答えた。

「今日というわけではありませんが、ホイットマンはいずれあなたにむごい仕打ちをするはずです。その際、ぜひミスター・ハゲタカに支援を乞うて欲しい。それだけです」

つまり、またミカドホテルに災難が降りかかるのか……。

「ミスター・ハゲタカとは、鷲津さんのことですか」

将は頷く代わりに自身の茶碗を掲げた。

「日光はそろそろ桜の季節ですな。桜がいろは坂を彩る頃、あなたには安寧の時を迎えて欲しい。そのためにひと汗かいてください。私を信じて、いや私だけを信じて」

6

シャンゼリゼ大通りに聳える瀟洒なクラシックホテルを改造したリゾルテ・ドゥ・ビーナス本社ビルの前に、メディア関係者が大挙して押しかけていた。髪をアップにまとめた美麗は、グレーのスーツに身を包んでその群に紛れ、貴子が社に戻るのを待っていた。

父との会談の首尾を聞くだけなら電話で充分だが、盗聴の危険があった。ならば、直接会う方が安全だ。それに、今朝方の“Les Echos”のスクープをビーナスグループがどう受け止めたのかも知りたかった。

たむろしている記者の会話から拾ったところでは、社内は事実確認に追われているようだ。また、CEOのホイットマンもバーンスタインも出社しておらず、記者会見の目処《めど》も立っていないという。

ホイットマンはともかく、社のブランドイメージを重視するバーンスタインが姿を見せないのは意外だった。その理由も貴子に確認したかった。

正午近かったが薄曇りの肌寒さが身に染みた。記者たちは足踏みをして暖を取りながら、手持ち無沙汰を嘆いている。美麗は待ち人がマスコミの目に晒される前に見つけようと、まだ寒々とした姿のプラタナス並木に目を凝らした。

数十メートル先で、黒塗りのリムジンが静かに停止した。降りてきた運転手の顔を確認するなり、美麗はメディアの集団から抜けて並木道の方に向かった。あれは、父に長年仕えている運転手だ。その時、背後で一斉に携帯電話の呼び出し音が鳴った。美麗は前方を注視したまま、聴覚だけは背後に向けた。

「ホイットマンが三〇分後に記者会見をやるそうだぞ」

記者の一人がため息混じりに漏らすと、別の女性記者が「でも、なんでヘルベチカのパリ支社なのよ」と苛立ちを吐き出していた。本社前にたむろしていた連中が、撤収を始めた。

ちょうどその時、貴子が車から降りてきた。記者たちの餌食になるのではと懸念したが、〝店じまい〟に忙しい記者やカメラマンは、誰も彼女に気づかないらしい。リムジンが発車すると、美麗は父に見つからないようにさりげなく並木の陰に身を寄せた。

貴子はうつむき加減で考え事をしているようで、美麗とすれ違うまで気づかなかった。

「通りを歩く時は、周りをよく見ないと」

日本語で声を掛けると、貴子はようやく気づいて立ち止まった。

「このまま歩きながら話しましょう」

尚も日本語のままで美麗は続けた。

「父は、何と」

貴子が言い淀んだところで、彼女の携帯電話が鳴った。

電話を掛けてきたのはモニカ・バーンスタインのようだ。電話を続けている貴子の肘に手を添えると、美麗は大通りを渡って、ジョルジュ・サンク大通りの角にあるルイ・ヴィトン本店に向かった。店内に入ると、美麗はさも目当ての品を探すかのように陳列棚を眺めた。電話を終えた貴子が、驚いたように美麗を見た。

「人に聞かれたくない話はこういう場所の方が、安心なんです。だから、ショッピングをしているふりをして」

英語に切り替えて貴子の耳元で囁くと、近づいてきたスタッフを「暫く二人にして頂戴」と追い払った。

「今の電話は、ミズ・バーンスタインね」

新商品のバッグを手に取りながら訊ねると、貴子は素直に頷いた。

「ホイットマンの記者会見に出て欲しいという連絡があったそうです」

「彼女はなぜ出社してないの」

「今朝の“Les Echos”を読んで、私が止めたんです」

「なぜ」

「情報をリークした人の意図が不明だったのと、この問題はホイットマンが処理すべきだからです」

思ったよりは貴子は機転が利くのかも知れない。

「賢明な判断ね。確かにあの問題には、ミズ・バーンスタインは関わらない方がいいわ」

貴子を鏡の前に立たせて、念入りに品定めするように後ろに寄り添った。

「あの記事は、あなたがリークしたんですか」

「どうかしら。それで、ミズ・バーンスタインはあなたの説得を受け入れたの?」

「と、思います。でも、不安がっていますので、彼女のそばにいたいと思ってます」

「それがいいわ。出来るだけ早く解放してあげるから、安心して」

美麗はフランス語で「とても似合っているわ」と声高に褒めた。貴子はそれに合わせるように顔をしかめた。

「私には、ちょっと派手よ。それに機能的じゃないし」

「じゃあ、こっちはどう？」

同程度の大きさの定番デザインを指で示しながら、「で、父は？」と囁いた。

「"Les Echos"の記事については、ご不快そうでした。リークした人物を捜すともおっしゃっていました。それでも大丈夫ですか」

「あなたは心配しなくていいわ。それで、父はあなたに何をさせたいの」

貴子の表情が曇った。彼女は美麗から視線を逸らして、他の商品を眺めるふりをした。

「貴子さん、私を信用して。必ずあなたの手にミカドホテルを取り戻してあげるから」

ミカドホテルという名で貴子は、視線を戻した。

「ホイットマンは、いずれ私にむごい仕打ちをする。それを阻止するために、鷲津さんに助けを求めて欲しいと仰いました」

「それであなたは何と」

「私ができる事は、何でも致しますと返しました」

「父は信じたのかしら」

「もちろんです。私の言葉に嘘はありません」

貴子は本気のようだ。

「分かっているわ。あなたの覚悟を無駄にはしない。でも、そういう状況に陥ったとして、鷲津氏はあなたを助けに来てくれるかしら」

「おそらく、来ないと思います」

「なぜ」

「確かな根拠はありません。でも、来ないと思います」

「鷲津さんは、あなたの恋人なの」

言った途端、貴子の顔が引きつった。

「いえ、ただのお客様です。かつて一度だけミカドホテルの再生のために骨を折ってくださっただけ」

「でも、アランは違うことを言っていたわ」

美麗は死んだ恋人の名を口にした。辛い想い出だったが、重要な事実確認のためには致し方ない。

「何と仰いましたか」

「ボスが経済的合理性ではなく、感情で動いた唯一の案件だったと。きっと彼はあなたのことを」

「それはウォードさんの勘違いです」

貴子は断言した。その反応が、貴子の内面を映していると感じた美麗はそれ以上問わなかった。

「貴子さんのお祖母《ばあ》様、華さんから、父のことを聞いたことがある？」

貴子が振り向いた。

「祖母からはありません。ただ、将さんからは、戦時中に祖父母にお世話になったと言われました。その話、美麗さんはご存知ないのですか」

昔の記憶が戻ったせいか、今度は記憶を失っていた頃の記憶が斑《まだら》になっていた。しかし、その話は聞いてはいないはずだ。美麗は肩を竦めて聞き流した。

「それは本当のことでしょうか」

「祖父母は国際人でした。欧米のみならず、中国や朝鮮の要人たちにも知り合いはいたと思います。その中に、将さんがいらっしゃった可能性はあります」

貴子の口ぶりからして、確認できていないようだった。それについては、別の方法で調べるしかないか。貴子がさりげなく店内の時計に視線を遣ったのに気づいて、美麗は切り上げることにした。

「とても参考になった。ねえ、お祖母様に似ていると言われたことはない？」

「祖母の若い頃にそっくりだとよく言われます」

二人の様子を眺めていた店員が、痺れを切らして声を掛けようと近づいてきたのを見計らって、美麗は大袈裟なため息をついた。

「あなたが買うべきなのは鞄じゃなくて、スーツじゃないかしら。こんな地味な物ばかり着ないで、もっとおしゃれしないと」

美麗はそう言うと、店員にウインクした。

「そういうことだから、出直してくるわ」

「お客様にお似合いの素敵なお洋服も多数ご用意しておりますが」

「ありがとう。でも、やっぱり今日はよすわ。ちょっと彼女、ブルーだから」

残念そうにドアマンが扉を開いたが、すぐには出なかった。周囲に監視の目がないかを充分確認した上で、美麗は「チャオ」と礼を言って店を出た。

「このまま社に戻らず、ミズ・バーンスタインの元に行くべきね。まだ、ハイエナどもがうろついてるかも知れないから」

「そうします」

貴子がタクシーを拾おうとしているのを見て、美麗に気まぐれが起きた。そして、前から聞いてみたかった問いを投げた。

「飯島《いいじま》メモって知っている?」

7

シテ島の西端に架かるパリ最古の橋、ポンヌフの袂に、一華は立っていた。一六〇四年に完成した石造りの橋は、優雅というより堅牢で、パリには似合わない雰囲気を放っている。黒の革ジャケットにスリムな赤いコーデュロイのスラックスという一華のいでたちは、派手だが洗練度に欠けていた。彼はタバコをくわえながらセーヌ川を往き来する船を眺めていた。

監視の目を確認してから、美麗は甥の隣に立った。

「なんで、こんな薄汚い川が、世界一有名なんだ」

「ここが、パリだからよ」

美麗が返すと、一華は鼻を鳴らしてタバコを放り投げた。

「上海の方が、はるかにいい街じゃないか」

川の汚さは変わらない。だが、美麗も上海の街が懐かしかった。

「意外に、あなたも中国人ね」

「冗談じゃない。僕は、大嫌いだ」

香港生まれの一華は、中国を憎悪している。にもかかわらず、彼は中国国家安全部のために働いているのだ。近親憎悪に近い感覚があるのだろう。

「じゃあ、しばらくの間パリを離れさせてあげるわ」

「どこへ行かせる気だ」

「ニューヨークへ」

一華の端正な顔が歪んだ。

「この街よりもっと下品な街へ、行けと言うのか」

「観光旅行じゃないわ」

一華が橋の手すりに体を預けて、こちらに顔を向けた。

「用件は？」

「鷲津政彦の動向を調べて欲しい」

「日本じゃなくて、ニューヨークでか」

「彼は今、ニューヨークで動いているそうよ」

記憶を失う前、美麗は父とは別のネットワークで情報を集めていた。その情報網は、世界に張り巡らせてある。記憶が甦ると同時に、彼女は眠っていたチームを覚醒させた。陽明が鷲津をビーナスグループのディールに引きずり込みたいと考えているのを知ってから、その連中に鷲津の動向については、逐次報告させていた。そして、一華もニューヨークに独自のネットワークを持っている。現地で詳細を探るなら、甥を動かす方が有効だ。

「知ってると思うけど、僕はあの街には二度と足を踏み入れないと、爺さんに誓ったんだぜ」

一華はかつてニューヨークで、〝修業〟していた。しかし、ダークサイドビジネスに手を染め、危うくFBIに逮捕されかけた。それを救ったのが、父である陽明だった。以後、一華は陽明の配下として従順に職務を果たしている。

「約束は破るためにあるんでしょ、一華。それに、あなたは今でもあっちに人脈を持っている。それを、パパに言いましょうか」

一華はふてぶてしそうにタバコをもう一本くわえて、薄曇りのパリの空に向かって煙を吹き上げた。

「叔母様は何でも知っているってわけか。オッケー、じゃあこっそり行ってくるよ。で、鷲津の何を知りたい」

「ビーナスグループに興味があるのか、否か。そして、彼と貴子の関係」

一華が眉を上げたのを見て、美麗は貴子から聞いた話を告げた。

「なんで、今さら鷲津なんだ。もう目的は果たしたのに」

一華が何気なく吐き出した言葉を聞き逃さなかった。

「じゃあ飯島メモは手に入れたというの」

戦後日本の政財界の暗部を克明に記したというある銀行幹部のメモを、父は必死で手に入れようとしていた。日中の経済交渉で優位に立つためだ。そのメモを、鷲津が持っているという情報を摑んで、美麗や一華は日本に派遣された。しかし、鷲津は世界を放浪して行方が知れなかった。そこで、彼の右腕であるアラン・ウォードがターゲットにされたのだ。結果的にアランが命を落としても、メモは手に入らなかった。

美麗の記憶ではそうなっていた。

一華の顔に後悔の色が浮かんだ。

「あれ、言ってなかったっけ？　その通りさ。爺さんは別のルートからメモを手に入れたんだ。だから、鷲津を引っ張り込みたい理由は別にあるはずだ」

「別の理由って何？」

「さあね。あの爺さんの感覚にはついて行けないから」

「それも探って。それともう一つ、調査とは別にやって欲しいことがある」

リムジンのような黒光りする客船が、眼下を通過した。父がいつぞや乗船したものとそっくりだった。美麗は目を凝らして乗船者を捜したが、屋根がガラス張りのために、険しい顔で睨み付ける自分と一華の細い背中がガラスに映るだけだった。

私達は何をしてるんだろう——そんな迷いを断ち切って一華の耳元で囁いた。

「アランの死の真相を知った鷲津が復讐しようとしているという情報を流してほしい。そして、コロンビアグループを買収するための準備を始めたと」

人は恐怖に踊る。そして人は得体の知れないものにこそ恐怖を感じる。鷲津という人間ではなく、復讐に燃えた鷲津という幻想こそが、父を動揺させるはずだ。貴子からの情報で、美麗はそう判断したのだ。

「そいつは面白いなあ。あの爺さんの驚く顔が楽しみだ。いいよ、そういうのは僕の得意分野だから」

それから一華は急に真顔になった。

「美麗、僕はあんたの味方だ。僕は裏切らない。だから、僕を信じてくれ」

やけに生真面目な口調で言うのを聞きながら、美麗は改めてこの甥は必ず裏切ると確信した。

8

モニカが待つホテルに急いで向かう途中で、貴子はホイットマンに呼び出された。

〝大至急話したいことがある。リゾルテ・ドゥ・ビーナス本社に来られたし〟

秘書からそう言伝られ、一瞬迷った末に貴子はタクシーを方向転換した。

ところが本社に戻っても、一向にホイットマンと会えない。何度か社長秘書に問い合わせるも、「今こちらに向かわれています。暫くお待ちください」と返されるばかりだった。

仕方なく、溜まっていた書類仕事をこなして一時間ほど経過した後で、社長が戻ったと連絡が入った。

新社長が自社から連れてきた冷淡そうなドイツ人女性の秘書ナタリーは、貴子を認めても立ち上がりもせずに頷いただけだった。

「失礼します」

声をかけると、窓から外を眺めていたホイットマンが振り向いた。常に苦虫を噛み潰したような顔をしている男が微笑んでいた。陽明が予告していたことがいよいよ始まるのかもしれない。

「やあ、すっかりお待たせしてしまいました。つまらぬ経済紙に振り回されたために、私のスケジュールも散々でしたよ」

声のトーンも普段よりも明るい。よほどの上機嫌らしい。

「モニカは出社していないようですね」

「"Les Echos"の記事で、社が騒がしいと判断したようです。今日は、彼女がプライベートで借りている仕事部屋で執務しています」

「なるほど、賢明な判断です。ご迷惑をおかけして申し訳ないと私が詫びていたと伝えてください」

言葉にまったく誠意が籠もっていなかったが、貴子は畏まって頷いた。

「君を呼んだのは、他でもありません。君が担当するアジア太平洋エリアで、新ビーナスの最初のプロジェクトを立ち上げようと思っていましてね。地域性とストーリー性を演出する今までにない新しいスタイルのリゾートを考えています。無論、マスタープランについては、モニカや他の役員とも相談するつもりだが、あなたには責任者として頑張って欲しい」

「粉骨砕身してプロジェクトを成功させます。それで、新プロジェクトをお考えの場所はどこですか」

「日本だよ。日光を考えている。君がフィリップに提案した滞在型の新構想を、よりバージョンアップしようと思っている」

一瞬、貴子は聞き間違えたのかと思った。将の話では、ホイットマンは貴子にむごい仕打ちをするはずだった。

「ありがとうございます。あんな拙いプランをお採り上げいただいた事を感謝致します」

「当然だよ。あれは素晴らしいアイデアだ。ただね、そのために一つ大仕事がある」

「何でしょうか」

「今ある日光と中禅寺湖の建物を全て解体して更地にしようと思う」

ホイットマンの言葉を貴子は平静に受け止められなかった。頭の芯がカッとして目眩が襲ってきた。

「どうしたんだい。顔色が悪いようだが」

「失礼しました。お言葉ですが、フィリップは日光と中禅寺湖のホテルの建築物を非常に気に入ってくださっておりましたが」

「なるほど。でも、もう彼は死んでしまった。言ったでしょ。彼と君のアイデアをバージョンアップすると。新体制のシンボルにするリゾートだ。古い枠に囚われない斬新な建物が必要でしょう。既に、来月いっぱいで解体するように指示は出した。君も一刻も早く現地に戻って指揮を執りたまえ」

そこでホイットマンは立ち上がった。話は以上だという意味らしい。

「社長、ミカドホテル解体は決定事項でしょうか」

「即断即決が僕のモットーです。既に業者が解体費用の見積もりを始めているはずだよ」

ここでムキになっても仕方ない。そう思いながらも、貴子は立ち上がり追いすがった。

「解体については、モニカも承知しているのですか」

「もちろんだ。彼女の初仕事になるのだからやる気満々だったよ」

結局、自分はまた信じた相手に裏切られたのか。貴子はどう返すべきかに窮して、電話を始めた新社長を見つめていた。

9

何度かけても、留守番電話が応答する。貴子は、早口にまくし立てる女性のアナウンスを待った後、意を決してメッセージを残した。

「鷲津政彦様の携帯電話でしょうか。大変ご無沙汰しております。日光ミカドホテルの松平貴子でございます。お元気でいらっしゃいますか。実は折り入ってご相談に乗って戴きたいことがございます」

そこでまた口ごもってしまった。

——悪い話じゃないでしょ。あなたの愛すべき日光がそれで生まれ変われるんだから。

モニカが当たり前のようにホイットマンの計画を指示した時の声が蘇った。ホテルの自室にはもう夕陽も届かなくなり、闇が広がりつつある。

「また、改めてご連絡致します」

電話を切ると膝から下が脱力して、ソファにへたり込んでしまった。

一体何をしているんだろうか……。

必ずミカドホテルを返してあげる。だから私をサポートして——とモニカが約束したのは、つい数日前のことだ。それが、あっさり反故《ほご》にされた。そのことにモニカは痛痒を感じていない。おそらく将も美麗も同様に、約束などいつでも破るだろう。

とにかく行動しなければ。このままでは日光と中禅寺湖のミカドホテルは、取り壊されてしまう。売却であれば買い戻すという可能性も残るが、取り壊されてしまっては、手も足も出ない。

自分で何とかするしかない。なのに、またぞろ鷲津に頼ろうとしている。それが情けなかった。そのくせ、もう一人の自分が、ここは頼るべきだと叫んでいる。この窮状を救えるのは、彼しかいないのだから。だが、彼を巻き込みたくないというつまらぬ意地にこだわっている。

なんて、つまらない人間……。

——鷲津さんは、あなたの恋人なの？

今日、美麗に問われた。その時は否定したが、似たような感情を抱いたことはある。だが、少なくとも鷲津にはただのカモにしか見えなかったようだし、結局は相手にされなかった。それが、貴子のプライドを刺激しているのだ。

「バカバカしい、この期に及んでプライドなんて」

そう声に出したことで少し気持ちが軽くなり、貴子は立ち上がった。そして、再び携帯電話を取り上げて、珠香に電話した。

「お姉様？　随分ご無沙汰じゃないの。どうしているの」

普段と変わらない明るい声が響いた。

「ごめんなさい。色々取り込んでいて」

「元気なの」

「何とかやっているわ。そちらはどう？」

「まだ、寒いわよ。今年は桜が遅いかも」

窓の外に、いろは坂を満開に咲き誇る桜並木が見えた気がした。

「もうそんな頃なのね」

故郷の季節すら忘れてしまっているなんて。

「そうよ。それで、用件は？　ご機嫌伺いではないのでしょう」

テキパキと話を進める妹のペースに乗せられて、貴子はホイットマンの件を説明した。

「まったく、あいつらはよくも次から次へと、酷い仕打ちを考えられるもんだわ」

妹が必死で踏ん張ってくれているのに、戦略だなんだと分かったふうな口を利いてパリくんだりまで来た私は、結局、すべてを失いそうな羽目に陥っている——ごめん、珠ちゃん。

「とにかく時間がないの。早急に手を打たなければ」

「何かアイデアはあるの？」

珠香と話しているうちに、鷲津をおびき出す将の戦略を言い出しにくくなってしまった。

「モニカをもう一度説得してみるつもり」

「望み薄じゃないのかしら。ホイットマンにCSOの座を与えてもらったんでしょう。だったら、今さら彼に楯突くようなことはしないはずよ」

「だとすると、私たちがミカドを買い取るしか方法がないわね」

「でも、彼らが売るとは限らないでしょ。そこが厄介なのよ」

それは貴子にも分かっている。だからこそ、鷲津にも連絡したのだ。

「将さんには、頼んでみたの」

「まだよ。まずは珠ちゃんに相談してからだと思って」

「ねえ、ヘルベチカって将さんが陰で糸を引いているってネットではもっぱらの評判よ。それって本当なの」

いきなり言われて慌てた。貴子はバルコニーに出て冷たい風に当たった。お陰でようやく冷静になれた。

「そういえばフランスでも経済紙に記事が出ていたわ。でも、よくは知らない」

将や美麗の企みに珠香を巻き込む必要などない。

「じゃあ、ぜひ将さんのお知恵も借りてよ」

「そうね。でも、私は彼を信用していないの。そもそもお祖母様へのご恩返しなんて話も到底信用できないし。香港の大富豪がミカドを救ってくれるなんて、できすぎよ」

「あら、お姉様、パリでだいぶ鍛えられたみたいね。確かに、あのお爺ちゃんはちょっと得体がしれないからね。そうなると、誰にも頼れない絶体絶命だよね、私達」

あっけらかんと言う珠香に、自分にはない強さを感じた。

「それで電話したの。私も知恵を絞るから珠ちゃんも何か考えて」

「加地《かじ》さんには、相談したの？」

独立系ファンドであるアイアン・オックスのトップとして加地は、過去にもミカドホテルの奪還に骨を折ってくれた。

「まだ」

「私から電話してもいいんだけれど、加地さんはお姉様のファンだから、お姉様から連絡した方が効果があるわ」

「わかった。やってみる」

「ところで、事態がこんなふうになっても、ビーナスを辞める気はないの」

セーヌ川を行く船の汽笛が鳴った。貴子は、それが決意を口にする合図に思われた。

「モニカとホイットマンともう一度だけ交渉してみて、ダメなら腹をくくるわ」

「わかった。他に手がないか、私も必死で考えるわ。とにかく、連中に一泡吹かせたいものね」

珠香との電話を切っても、暫く貴子はバルコニーに佇んでいた。夜の帳《とばり》が降り、セーヌ川沿いを走る自動車道を帰路を急ぐ車が行き交っている。パリが、昼間とは別の顔を覗かせようとしていた。

珠香の言うとおりだった。連中に一泡吹かせたい。だったら、どんなことをしても鷲津を巻き込むべきではないのか。珠香の強気に励まされて、貴子は考えを改めた。

その時、電話が鳴った。ディスプレイに浮かんだナンバーを見て、再び頭に血が上った。

「松平でございます」

「やあ、どうもご無沙汰しています。鷲津です」

三ヵ月ぶりに聞く男の声には、親しみと懐かしさを感じた。

10

二〇〇七年三月二二日　パリ

パリの夜は深く危うい。陽の光がけっして照らし出せない隠微で危険な匂いが漂っている。午前二時前――、美麗はシャンゼリゼ通りの裏通りのバーのカウンターで、スーツ姿の男の肩に寄りかかっていた。

金髪碧眼の男は、三〇歳前の〝若造〟だったが、どことなく面影が愛しい人に似ていた。だが、似ているのは面影だけで、彼女の太ももを撫でる手には、優しさもおもいやりもなく、剝き出しの欲望だけが無遠慮に伝わってくる。

「せっかちね」

彼女の首筋に唇を這わせようとする男を軽くいなして、美麗はバーテンを呼んだ。バーテンの前でも態度を改めようとしない男の唇を手で押さえて、「二人に同じものを」と言った。

「いや、僕はテキーラがいい」

男は美麗の腰に手を回して言い換えた。

「ジャン、ちょっと飲み過ぎじゃないの」

「大丈夫だよ。酒でなく君に酔っているんだから」

美麗は乾いた笑い声を上げて、男の頬を軽く抓《つね》った。

「面白い情報があるんだけれど」

「君の神秘より面白いネタなんてないさ」

彼が再び太ももに手をのばしてくると、彼女はそれを無視して書類袋を彼に突きつけた。

「前より衝撃的なネタよ」

ドヌーヴが借金塗《まみ》れになって、ビーナス株を陽明にむしり取られたという情報だった。それが暴露されれば、アメリカ最大のレバレッジファンドＫＫＬは、ヨーロッパの金融界で笑いものになる。それらの内部情報が全て揃っていた。これで、ドヌーヴとトミナガのチームは、ビーナスグループへの介入から撤退せざるを得なくなる。

記者にとって垂涎《すいぜん》のネタにもかかわらず、男は興味なさそうに、乱暴に封筒を脇にどけた。封筒はそのまま足下に落ちたが、彼は拾うつもりもないらしい。

「あら、記者ならしっかり取材なさいな。そうでないと私の神秘なんて探れないわよ」

美麗はかがみ込んで封筒を手にして中身を引き出した。

薄暗い店の中では文字を拾いにくい。そのうえ男は読む気がまったくない。彼女は渋々概要をかいつまむことにした。

「ビーナスグループの買収戦線から、D&Bチームが脱落したわ。理由は、ドヌーヴの無謀な投資のせい。彼は買収合戦撤退どころか、身ぐるみ剝がれてセーヌの橋の下暮らしを始めることになる」

「興味ないね」

依然として資料に興味を示さず、男はショットグラスの底をカウンターに打ち付けて一気に呷った。

美麗はようやく男の異変に気づいた。フランス第二の経済紙"Les Echos"の若手の中でも腕利きと評判だから籠絡したのだ。実際、想像以上の記事をものしてくれた。荒削りの野性味に、美麗は魅力すら覚えたほどだ。だが、今夜の男は、とても荒んで見えた。

「何かあったの」

「別に。いずれにしても、ビーナス関連の記事はもう書けない」

彼はバーテンにグラスを掲げてお代わりを催促した。

「じゃあ、あの話は本当なのね」

「なんのことだ」

「ギャレグループが、おたくを買収するって話よ」

美麗は幾分彼に体を寄せた。

「既に交渉は最終段階に入っているそうだよ。僕らには何の情報も教えてくれないけどね」

「まさか、それがあなたの記事のせいだと」

「僕の記事も多少は影響しているだろう。ギャレとヘルベチカは仲良しなんでね。でもそれ以上にウチは現政権に批判的なんだ。それで大統領のお怒りを買ったのが最大の理由だろうね。ギャレのトップは、大統領のツレでもあるんで」

「それにしては、大統領の服のセンスは最低ね」

男が引き攣るような笑い声を上げた。

「鋭い指摘だ。そういうわけで、ビーナス関連の記事はご法度になった」

美麗にとってはバッドニュースだった。"Les Echos"を使って、鷲津がビーナスグループ奪取に動くというデマを流すつもりだったのだ。それが難しくなる。

彼女は不意に彼の唇に口づけした。最初驚いていた男は、やがて貪るような反応に変わった。

「それで、おめおめと引き下がる訳じゃないでしょ」

執拗に続けようとする彼から逃れて耳元で囁いた。

「もうどうでもいいよ」

「私は敵前逃亡するような男は嫌いよ」

「どうしろってんだ」

「新聞は、"Les Echos"だけじゃない。大丈夫、私がいるじゃない。圧力に屈しない男だと見せつけるいい機会じゃないの」

彼女は男の頰を両手で挟んで、瞳を見据えた。

「男になりなさい、ジャン。いい記事書いて、それを載せてくれる媒体を探すの。私も協力するわ」

「無茶を言わないでくれよ。僕はまだ駆け出しのぺーぺーなんだ。僕の記事なんて誰が買ってくれるか」

「あっそ、じゃあ、そうやっていつまでもしみったれた顔でテキーラを呷っていればいいわ。私はもっと強い男を捜すから」

スツールを降りた美麗は、バッグの財布から五〇ユーロ札を取り出すとカウンターに投げた。

敢えて一呼吸置いて背を向けると、男が二の腕を摑んだ。

「放して頂戴。未練がましい男は嫌いよ」

「本当に手伝ってくれるのか」

「中国人は約束を大切にするのよ。フランス人のような二枚舌は使わない」

まるで一華になった気分だったが、美麗は構わず男の手を振り払った。

「だったら、やるよ。しっかり原稿を書く。だから、僕を見捨てないでくれ」

男の眼の奥の覚悟を見定めてから、美麗は優しく頰を撫でた。

「さすがね。頼もしいわ」

背後でバーテンが呆れ顔でこちらを見ているのに気づきながらも、彼女は男の首に手を回した。

「もう一つとっておきの情報があるの」

「ぜひ教えてくれよ」

「日本の神鷲《ゴールデンイーグル》と呼ばれている男が、ビーナス奪取に動き始めたそうよ」

男は予想通りの反応をした。抱きしめていた手が緩み美麗の顔を覗き込んできたのだ。

「去年、米国軍産ファンドと凄まじいバトルを繰り広げた男の事か」

「その通り、鷲津政彦。名前ぐらいは聞いたことがあるでしょう」

危うい夜に搦め捕られるように男は、美麗の術中に嵌り込んでいった。

11

日光に帰ろう。朝、起きてすぐにその思いが確信となった瞬間、急に心が軽くなった。これからすぐに将に会い、その足でホイットマンに辞意を伝えに行く。引き止められることなどないだろう。モニカに伝えるのは、全てが決着してからで充分だ。

貴子は白のブラウスと黒のスーツに身を包んで気持ちを引き締めると、ホテルを出た。

清々しい朝だった。これでパリの街も見納めになる。名残惜しさより、いろは坂の桜に思いは向かっていた。息が詰まりそうなほど咲き乱れる桜の開花を眺める頃には、全てが終わっているだろう。

将が滞在しているル・ロワイヤル・モンソーは、徒歩で行ける距離だった。貴子はベルボーイに首を振ってタクシーを断り、エトワール広場を目指して歩き始めた。街路樹のマロニエは、まだ芽吹いてもいないが、行き交う女性たちの色彩豊かな装いが、春を感じさせた。

鷲津には、あっさりと支援を断られた。

――私にできることは、何もない。それより貴子さん、そろそろあんなものに縛られるのはおやめになったらどうですか。

穏やかな口調ではあったが、鷲津の回答は冷酷だった。「あんなもの」という言葉に引っかかった。

――形あるものは必ず滅びるものです。あなたはミカドホテルという幻想を追い求めすぎだ。だが、既に日本はあのホテルを必要としていないのでは。

大好きだった祖母と同じ言葉を奇しくも鷲津に言われて、貴子は戦慄した。祖母が鷲津の口を借りて諭そうとしているとまで思ってしまった。だが、日本がミカドホテルをどう思っているかなどどうでもいい。自分にとってミカドホテルは命なのだ。そう反論したかった。まるで心中を読み取ったように鷲津は続けた。

——ミカドホテルを取り戻したら、幸せになれるんですか。私はそうは思わない。そもそもなぜ形にこだわるのです。ミカドホテルが培ってきた伝統や文化を守るために、あのボロホテルが必須だというのは、逃避にすぎないのでは。

そうかも知れない。だが、そこまで言われると黙っていられなかった。

——逃避ではありません。ミカドホテルは、私の命です。

——命だというのであれば、ご自分でお守りなさい。渾身の力で取り戻せばいい。誰にも頼らず一人で戦って下さいよ。そうすれば、あなたにとって本当に大切なものが分かるはずだ。

電話はそこで切れた。

暫く受話器を握りしめたままだった。なぜか、怒りは湧いてこなかった。絶望感もない。それどころか、事あるごとに言い訳がましくしがみついてきた何かから解放された気がした。

ミカドを取り戻すことでしか、何も始まらない。そう思っているのであれば、まっすぐ戦うしかない。誰かに頼ったり縋ったりするのはもうやめよう。

「おはようございます、マドモワゼル」

考え事をしている間に目的地に辿り着いていた。貴子はドアを開けてくれたベルボーイに目礼して、ホテルに入った。

　将は旅支度の最中だった。彼は貴子をテラスに誘った。

「急遽香港に戻らなくてはならなくなりました。慌ただしくて申し訳ありません」

　すぐにお茶が用意された。将が最初の一杯目を時間をかけて味わうと、貴子に成果を尋ねた。

「残念ながら、鷲津さんには支援を断られました」

「随分あっさりとおっしゃいますね。もう少し事情を説明してもらえますか」

　穏やかそうには見えたが、彼の声には威圧感があった。それでも怯むことなく貴子は、鷲津の挑発とも取れる部分を抜いて、そのやりとりを説明した。

「このままだと日光と中禅寺湖のミカドホテルが解体されると聞いても、支援できないと？」

「ええ、きっぱりと仰いました。形あるものは必ず滅びる。解体されるのが、ミカドホテルの宿命なのだと」

「サムライを自任している御仁がいかにも言いそうな言葉だ。だが、あなたはそれでよろしいのかな」

　わざとだろう。将は貴子から視線を逸らして凱旋門を見遣っている。貴子は覚悟を決めて口を開いた。

「なるようになる。私もそう諦めました」

「なんと」

「彼がミカドを救う義理はない。至極もっともなことです」

「それでよろしいのかな」

硬い表情で貴子を真っ正面から睨み付けた。

「将さんが助けてくださると信じています」

将は大きく息を吐き出すと笑い出した。

「これは恐れ入った。あなたも、なかなかの策士だ」

彼は心底愉快そうに笑い続けた。

「失礼しました。それが鷲津氏があなたに授けた作戦というわけですな。私には断られたと答えよ。さすれば、俺がおまえのミカドを救ってやる。そう言われたのでしょうな」

「そんな策などあるはずがありません。将さん、あなたは私を買い被りすぎです」

「どういう意味かな」

「私が困っていたら、鷲津さんは必ず助けに来る。そうお思いなのでは」

また、品定めするように将の観察が始まった。貴子は平然としてお茶を飲み干すと、もう一杯分、茶を足した。

「将さんは、鷲津政彦という人物をいろいろと研究されたのでしょうね。でも、本当の彼をご存じないのではないでしょうか」

「あなたはご存じだというのかね」

「いえ、まったく分かりません。ただ、彼は人助けをするような善意の方ではない――それだけは知っています」

昨夕の電話ではっきりと感じた。彼は常に人と距離を置いて生きている。ビジネス的な利益がない限り、けっして動きはしない。

「だが、彼は日光をこよなく愛しているのでしょう」

「かも知れません。でも、それは日光であってミカドホテルではありません」

将の顎に短い髭が生えていた。彼はそれを忙しなくひっぱりながら、思案しているように見えた。

「では、ミカドホテルを見捨てるというわけですな」

「そんなつもりはありません。最善を尽くして、ホテルを取り戻すつもりです。私が諦めたと申し上げたのは、鷲津さんの支援です」

「そんなことができるとお思いなのか」

自然に表情が緩んだのが分かった。

「できるかどうかではありません。やるしかない、それだけです。もし、将さんが本当にミカドホテルを愛しておられるのであれば、どうかホテルを救って下さい。私の一生をかけてでもお礼は致します。でも、私はこれ以上あなたの道具にはなりません、いえ、なれないんです」

貴子はゆっくりと立ち上がった。

「話はまだ終わっていませんよ」

「いいえ、終わりです。これからホイットマンに辞意を伝えてきます」

「それは性急だ。暫く様子をみてはいかがです？」

「将さんがここからホイットマンにお電話なさって、ミカドホテルは松平貴子に譲ると仰って下されば、そう致します」

遠慮がちにリビングルームに繋がるガラス戸が開いた。

「御出立の準備が整いました」

執事の言葉も将には聞こえないようだった。

「私にそんな指示をする権利などないよ」

力のない声だった。

「将さん、ご冗談はおよし下さい。鷲津さんをおびき出すために、わざとあんな酷いプランをホイットマンに出されたのでしょう。そうでなければ、ビーナスグループ再建の重要な時に、極東のリゾート開発など進めません」

「私は無関係だ」

「だとすれば、失礼な事を申し上げました。ご容赦下さい」

これでいい。

貴子は部屋を出た。

12

ホイットマンとの約束までには一時間ほど余裕があったが、貴子はリゾルテ・ドゥ・ビーナスの本社ビルに向かった。辞表を出す前に自室の荷物を片付けようと思ったからだ。

「こんにちは、マドモワゼル・松平」

玄関の重厚な扉を開いてくれた老コンシェルジュに会釈して、彼女はエレベーターに乗り込んだ。

七階は執行役員と取締役の部屋しかない。他のフロアに比べて訪れる人も少なく、人の会話もほとんど聞こえないほどの静かだった。

一番手前の部屋が、貴子の個室だった。

貴子は窓を開けると、外気を取り込んで清々しい春の風を胸一杯に吸い込んでから、片付けに取りかかった。抽斗の中を一つずつ確認しながら、まず社内文書の束をデスクの上に積み上げていった。そして、それ以外の私物は秘書が用意してくれた段ボール箱に詰めた。

さほど荷物はない。段ボール一箱あれば充分な量だった。

抽斗を整理していたら、奥から水晶の玉が転がり出てきた。将がくれた龍の玉だ。しばらく握りしめていたが、抽斗の中に再びしまった。

将にはもう頼らないと決めたのだ。

最後に机の上にある物だけが残った。ペン立てや卓上時計などだが、三つの写真立て以外は残した。

日光ミカドホテルの前で亡き祖母と二人で撮った写真を手に取った時、不意に祖母の言葉を思い出した。

——形あるものは必ず滅びる。

それでも、ミカドホテルを守りたい。自分が残したいのは〝カタチ〟ではなくミカドに宿る魂だ。

写真立てごとハンカチでくるむと、珠香夫妻と鬼怒川で収まった写真を同様に段ボールに仕舞い込んだ。

最後の写真立てには、雪に包まれた戦場ヶ原をバックに生前のフィリップと貴子が肩を寄せ合った一枚が飾られていた。いつまでも少年のようなきらめきを失わないフィリップの笑顔が弾けていた。彼に肩を抱かれている貴子の目にも、覇気があった。

彼女が覚悟を決めて、リゾルテ・ドゥ・ビーナスの一員となり、フィリップに日光と中禅寺湖のミカドホテルを繋ぐ壮大なリゾートプランを説明した時に撮ったスナップだ。

この時はビーナスグループでの仕事に貴子自身も期待を抱いていた。世界最高峰のリゾートグループに身を置くのみならず、フィリップの比類無きラグジュアリー哲学を学べるチャンスだと思ったからだ。

——日本が持つ神秘性と美を徹底的に追求した楽園ができたらいいね。

凍てつく戦場ヶ原で白い息を吐きながら呟いたフィリップの笑顔が懐かしかった。

だが、もう随分昔の出来事に思えた。

フィリップの急逝によって、あの時に抱いた希望は消え失せた。結局は、彼から何も学べずビーナスグループを後にする。何の未練もないが、彼と一緒に夢のような楽園を創れなかったことについては悔いが残った。

遠慮がちにノックが響いた。ゆっくりとドアが開くと、小柄な体を三つ揃いのダークスーツで包み込んだ老人が現れた。

「少しお邪魔してよろしいでしょうか」

老人が皺だらけの手で名刺を差し出してきた。

弁護士　ジョルジュ・アノーとある。名前に記憶はなかったが、どこかで会った顔だった。だが、それ以上は思い出せない。貴子が戸惑っていると、老人はしわがれ声を発した。

「私は、亡きフィリップ・ビーナス氏の顧問弁護士を務めておりました」

その時、ノートルダム大聖堂での葬儀ミサで、フィリップの棺にすがりつくように悄然と跪《ひざまず》いていた老人の姿を思い出した。だが、そんな人物が今ごろ何の用なのか……。

「実は本日は、顧問弁護士としてではなく、フィリップの古い友人として、あなたにお伝えしたいことがありまして参上致しました」

13

ホイットマンとのアポイントメントを、秘書は「聞いていない」と冷たく返してきた。

「今朝、彼から直接午前一一時半に来るように言われたのよ」

ボスに劣らぬ鉄面皮の年配の秘書ナタリーは、眉一つ動かさずに首を振った。

「そもそも彼とのアポイントメントは、全て私を通すのが規則です。その私が知らないのですから、お繋ぎできません」

普段の貴子なら諦めただろう。だが、今日は違った。秘書の前に置かれたビーナスグループのロゴ入りのレターヘッドを取ると、〝私は、社長とCSO室長の面談の約束を取り次ぎませんでした〟とフランス語で記して、彼女に突き返した。

「ここにサインしなさい」

「何の真似です」

「あなたは秘書として業務怠慢です。それに署名の上、即刻辞職しなさい」

秘書は呆然と貴子を見上げている。

「そんな権限があなたにあるんですか！　私のボスは、ホイットマン社長です」

「権限はあります。私はＣＳＯを務めるモニカ・バーンスタインの補佐役です。リゾルテ・ドゥ・ビーナスのサービス精神の徹底を怠った者を解雇する権限を持っています」

「あり得ません！」

秘書が金切り声を上げたところで、背後のドアが開いた。ホイットマンが冷然と立っていた。貴子は秘書の怒りを無視して、彼に歩み寄った。

「お約束の時刻なので、参上致しました。よろしいでしょうか」

ホイットマンは肩をすくめて、貴子を迎え入れた。すれ違う瞬間、彼が秘書に咎めるような眼差しを向けたのを見逃さなかったが、貴子は平然と部屋の奥に入った。

「君が、あんなに好戦的な人だとは意外だったね」

葉巻をくわえながら、ホイットマンは貴子を品定めするような視線を投げてきた。

「業務に忠実なだけです。リゾルテ・ドゥ・ビーナスのサービス精神は、単にホテルの従業員だけが会得するものではなく、管理部門の人間も身につけなければなりません。怠る者がいれば厳しく指導するのが私の仕事の一つです」

「それは頼もしいね」

ホイットマンはビジネスライクな口調でソファを勧めた。

「それで、急ぎの話とは何だね」

「私にご一任くださるという日光の再開発について、大至急調査が必要だと思い、日本に帰国したいと思いますが、よろしいですか」

たっぷりと時間をかけて葉巻の先に火を回した後、ホイットマンは煙の行方を追いながら答えた。

「それは構わないが、君は社を辞めるんじゃないのか」

「誰からお聞きになったんですか」

「誰だったかな。そう、モニカがさっきね。私にぜひ引き止めてくれと言ってきたんだよ」

モニカはおろかビーナスグループの誰にも、辞職の事は告げていない。ホイットマンにしては珍しく脇の甘い反応だった。

「そうですか。それはモニカの勘違いだと思います。あのようなミッションを戴いたのです、ここで社を辞めるなどありえません」

自分の言葉に偽りはないと貴子は心の底から信じようとした。無論、本音ではない。だが、先ほど彼女の前に現れた人物によって、貴子は方針を変えたのだ。何が何でもあと一年、この社にしがみつかなければならない。そのためには、ホイットマンからも少なからず信任を得る必要がある。同時に、ミカドホテル解体を止める手立ても必要なのだ。

睨み合っての腹の探り合いを破ったのは、ホイットマンだった。

「マスタープランづくりは、モニカから精鋭中の精鋭からなるプロジェクト《P》チーム《T》を発足させて、パリで考えたいと思っているんだよ」

「そのための現地調査です。私の調査を踏まえた上で、PTのメンバーを内外から募るべきではないでしょうか」

ホイットマンは腕組みをして考え込んでいる。貴子の真意を測りかねているのだろう。おそらくは将から聞いて、鷲津が動かなかったこと、さらには貴子の辞意も知っているのだ。なのに、目の前で当人は、全く正反対のことを言っている。どちらが正しいのかを決めかねているのだろう。

「実は、私自身これ以上この会社で続けられないかも知れないと思い悩んでおりました。しかし、リゾルテ・ドゥ・ビーナスを超えるリゾート企業はありません。また、未熟な私がサービスの極意を学ぶ機会を失うなんて絶対にできません。その上、社長にも大きな期待をかけて戴いているのです」

あまり気持ちを込めすぎないように努めた。ただ、整然と意見を伝えればいい。その方が自然だった。

「昨日お会いした時は、一刻も早く現地に戻って指揮を執りたまえと、社長もおっしゃっていたではないですか」

「まあ、そうなんだがね。ちょっと事情があって、もう少し諸々の対策に時間を掛けて考えるべきではないかと思い始めている」

ホイットマンにしては曖昧な物言いだった。

「方針を変更されるのでしょうか」

「いや、そうではない。もう少し時間を掛けた熟慮が必要だと考えているだけだ」

「賢明なご判断だと思います。実は私にもいくつか腹案があります。それをきちんとご提案するためにも、現地で確かめたい調査がございます」

ホイットマンは厳しい一瞥をぶつけたあと、葉巻を灰皿に押しつけた。

「いいだろう。では、そうしたまえ。但し、四月の臨時株主総会には出席するようにな。君にとっても大切な会だから」

言われなくても、そうするつもりだ。ホイットマンが思っている以上に、貴子にとっても大切な総会だ。

「承知致しました。可能であれば、総会前日に、三〇分でもお時間を頂戴できればと思います。ご報告を致しますので」

話を切り上げたいらしく、ホイットマンは立ち上がった。

「そのように取りはからうよ」

「何でしたら、私からナタリーに伝えておきましょうか。彼女は、自分の知らないところで、会長とアポイントを入れるのを嫌っているようなので」

嫌味を言いすぎていると思ったが、止められなかった。不思議と後悔よりも胸が空く思いの方が強かった。

「いや、私が言う。先ほどは失礼した。君とのミーティングについては、今後最優先するようにナタリーにも伝えておくから」

社長室を出るとナタリーに険しい顔で睨み付けられた。貴子は、微笑みを返した。

「サインは済んだかしら。それとも、お詫びの言葉を聞かせてくださるの?」

既に彼女のデスクの上には先ほどのレターヘッドはなかった。その代わり机の脇に小さく握りつぶされた紙つぶてが見えた。

ナタリーは顔を伏せたまま唇を噛みしめている。

「ナタリー、どうなの」

「先ほどは失礼致しました。以後、気をつけます」

「お詫びを言う時は、相手の目を見つめて、誠意を込めて言うのよ。今度、マナーマニュアルをＣＳＯ室にとりにいらっしゃい」

それだけ言うと、貴子は静かな足取りで、エレベーターホールを目指した。社長室から離れるにつれて、こめかみを打つ音が早く大きくなるのを感じていた。

14

先ほどまでブローニュの森の木々を揺らしていた風が止んだ。マリーヌの自宅のテラスで、新聞を開いていた美麗は顔を上げると辺りを見渡した。春のかぐわしさに満ちた森に夕陽が落ちようとしている。日本人は、こういう黄昏に強い郷愁を感じるようだが、自分にはそんな強い感情はない。

そもそもこんな風景は、香港には存在しない。喧噪と収奪と忙しなさこそが生きる証のように思える香港や上海とは、全く別の世界だった。当初は、それが何とももどかしく思えたが、最近は夕暮れになるとこうして一人で、テラスに佇んでいる。そこにあるものはずっと変わらないのに、毎日、毎時、いつも違う風景が見えてくる。初めて聞くような生き物の鳴き声や風やセーヌの川の流れまで耳に届く。

これが本物の豊かさなのかもしれない。何のこだわりも蟠りもなく、ただ自然の一端に身を置く時間――。

大自然に囲まれた場所で一緒に過ごしたいんだと、アランが生前に言っていたのを思い出した。それが実現していたら、こんなひとときだったのだろうか。

こんな時間もこれからは味わえないかも知れない。そろそろこの屋敷を去る時だった。

“Les Echos”の若い記者《ジャン》は、知り合いの、〝ル・モンド〟の編集者に売り込み、鷲津について書いた原稿が採用された。


〝日本のハゲタカ、ビーナス争奪戦に参戦か!

お上品な〝ル・モンド〟からすれば、充分刺激的な見出しだった。ジャンの話では、〝ル・モンド〟は、ビーナスのようなフランスの宝を、東洋人に奪われるなど言語道断だと怒っているらしい。

フランス人の選民思想に火がついたようだ。

後は一華を鷲津に仕立てて、ニューヨークやヨーロッパで金集めをさせる。そうすれば、この記事に信憑性《しんぴょうせい》が生まれる。

父はこの動きに反応するだろう。それを確実なものにするためにもヘルベチカの正体を暴く必要がある。父を白日の下に晒さなければ、何の意味もないのだから。

そして、父が鷲津に対抗して派手に動いた時が、美麗の復讐を遂げる最大のチャンスだった。

そのためにも、これからは単独で行動しなければ。マリーヌの屋敷を出て、身分も容貌も変えて、パリの裏通りの奥深くに身を隠すべきだった。

マリーヌのボイストレーニングが聞こえていた。可哀想なマリーヌ。残念だけど、あなたと一緒にステージに立つ気は私にはない。でも、あなたと愛息の二人が一生遊んで暮らせる資金だけは遺してあげる。

再び川から冷たい風が吹いてきた。美麗は両肩を抱くと新聞を畳んだ。

携帯電話が鳴った。

「ハロー、叔母様」

一華の調子の良い声が響いた。

「ご機嫌じゃないの」

「そうでもないさ。まあ、久々のニューヨークだからね。懐かしくってさ」

どうせまた悪いクスリでもやっているのだろう。

「それで、鷲津を見つけたの」

「奴はいないよ」

「どういうこと?」

「二日ほどいたそうだけど、ワシントンに移動したようだ」

アメリカでにわかに危険要因となっているサブプライムローン問題の処理で、米政府は奔走している。

「丁度いいわ。今日から一週間、あなたが鷲津を名乗ってあっちこっちで派手に遊びなさい。そして、金集めをするの。ビーナスを買うカネと仲間を捜していると言ってね」

「冗談だろ。そんな嘘すぐ見破られるさ」

この男は、自分の悪巧みなら卑劣な行動も厭わないのに、誰かに指示されるとたちまち及び腰になる。

「大丈夫よ。アメリカ人には中国人と日本人の区別なんてつかない。とにかくやるのよ」

「まあ、叔母様のたってのお願いだから頑張るよ。集めたカネは俺がもらっていいんだよね」

「好きにすればいい。でも、足が付かないようにして頂戴」

金儲けができると聞くと、ニューヨークの猛獣どもの中には、まともな信用調査もやらずにカネをねじ込んで来る輩がいる。騙されるリスクはあるが、人より先にうまい汁を吸いたければ、それぐらいは平気という文化ゆえだ。

「それと、爺さんに気づかれたようだぞ。僕を捜しているらしい。ニューヨークにいるなんてばれたら、僕は殺される。だから、ヤバイと思ったら、すぐ消えるからな」

いずれ父は裏切りに気づくとは思っていたが、もう少し先だと予想していた。

「それは私が何とかするわ。だから、あなたは精一杯ニューヨークで暴れて頂戴」

電話を切ったところで、ピエールが顔を覗かせた。

「ママが、お歌の練習をしたいって」

「あなたのピアノのお稽古は終わったの？」

ピエールは小さくかぶりを振った。

「どうして？」

「独りぼっちだとつまらないから。メイと一緒がいい」

美麗は少年の頭を撫でた。

「じゃあ、ママの練習が終わったら、メイとピアノのお稽古しましょう」

「本当？」

沈みがちだった少年の顔つきが、パッと花が咲いたように明るくなった。

「もちろん！」

美麗はピエールを抱き上げた。マリーヌが自分自身に注ぐ熱意を、もう少し息子に使えばいいのに。

テーブルの上に置きっ放しにしていた新聞が、風に吹き飛ばされて舞い上がった。

私はもうすぐ、この屋敷から去る。少年の行く末だけが心配だった。

第六章　スプーク

1

二〇〇七年三月二九日　日光

日光に戻る口実のために、ホイットマンには腹案があると言ったものの、そんなものがあるわけもなく、時間ばかりが過ぎていた。

気持ちは焦るが、だからといってじたばたしても始まらない。貴子は自身に何度もそう言い聞かせながら、出資者を国外にも広げるためのドラフトを作成していた。そのさなかに、来客を告げられた。応接室に足を運ぶと、珠香と二人のスーツ姿の男性が立ち上がった。

「こちらは、日光市の文化財課の方」

珠香が紹介すると、男たちは名刺を差し出した。課長の小島《こじま》は長身で白髪交じりの短髪で太い声で名乗った。一方、小太りの高月《たかつき》という係長は、控え目な印象を受けた。

「お二人は、日光ミカドホテルを国の重文にしないかというご相談にいらしたの」

珠香が説明すると、小島が補足した。

「ご存じのように、日光ミカドホテルは創業一〇〇年を超える日本を代表するクラシックホテルです。当時のままの姿を残しておられ、必ずや重文指定されます。日光市としてはぜひ、国重文に推薦したいと考えています」

これまで、何度か重要文化財の指定を目指す打診があったが、貴子たちは断ってきた。

重文指定を受けると、国の許可がなければ、壁紙一枚替えられなくなる。確かに伝統的なクラシックホテルとしての風格も重要だが、同時に宿泊者の快適性を常に追い求める必要があるため、毎回辞退してきたのだ。

「今回は、併せて中禅寺湖ミカドホテル内にありますクスノキも、国の天然記念物として具申したいと考えています」

遠慮がちに高月が言い添えた。

中禅寺湖ミカドホテルの中庭にクスノキの大木がある。だが、天然記念物になるような代物には思えなかった。

「あの木に、そんな価値があるのですか」

貴子が疑問を口にすると、高月は持っていたファイルを開いた。彼はファイルに挟まれた枝振りの良いクスノキの写真を見せた。

「ご存じかと思いますが、中禅寺湖一帯の土壌は植物が育ちにくい場所です。このクスノキは、その環境の中で、幹の周囲三メートルを超える太さを誇っており、おそらく樹齢は四〇〇年以上ではないかと見られています」

そんな話は初めて聞く。

「どういう根拠でお話しされているんですか」

珠香が怪訝そうに訊ねた。

「半年ほど前に中禅寺湖ミカドホテルに泊まられた植物学者の方が、このクスノキに興味を持たれ、調査をされたのをご記憶でしょうか」

そう言われて貴子はようやく思い出した。

「あったような気がします。でも、その後の結果を聞いていないと思いますが」

「その結果が先頃出まして、市役所の文化財課の方に、ぜひ天然記念物として守るべきだとアドバイスしてくださいました」

所有者であるミカドホテルを飛び越えて、市役所に打診するというのは失礼な話だった。だが、貴子はそれ以上は追及しなかった。

「重文指定については、過去に何度かご提案戴きましたが、ホテル内のサービス向上のためには、定期的なリニューアルの必要性があるため、お断りしたのはご承知の上ですよね」

「存じています。ただ、今回は取り壊しのお話があると伺いましたが」

内緒話をするように小島課長は体を前のめりにして言った。貴子は驚いて妹を見た。

「市民で反対運動でもやってもらおうかと思って、私が友達に話をしたの」

珠香は悪びれる様子も見せずに返した。

「では、やはり取り壊しというのは、本当のことなんですね」

小島は眉間に皺を寄せて詰め寄った。

「まだ、計画段階ですが」

貴子は正直に答えた。

「それは、松平さんのご意志でもあるのですか」

「いえ、私としては阻止したいと思っています」

「だとすれば、松平さん。ぜひ、重文指定を受けましょう。この素晴らしいホテルを取り壊すのはあまりにも勿体ない」

ミカドホテル解体阻止のための、大きな手立てを忘れていた。その手があったのだ。

「もし、重文指定を受ければ、建物は取り壊されないのですね」

「老朽化が進めば、原状復旧が前提の補強改築は可能です。しかし、この建物の原形を残すのが鉄則です」

言い換えれば、ホイットマンのプランは限りなく実現不可能になる。

「残念ながら、中禅寺湖ミカドホテルの方は、建物自体は文化財的価値としては厳しいと思います。ただ、このクスノキが天然記念物指定になれば、日光市としても周辺の自然を守るための手立ても考えなければなりません。それは高月の方でプラン策定を進めております」

こんな幸運があっていいのか。貴子は、頬を抓りたくなった。

「あの、なぜそこまでやってくださるのでしょうか」

「明治時代から多くの外国の賓客が泊まったというミカドホテルを、一握りの外国人の都合で取り壊させるわけにはいきません。世界遺産日光を訪れる多くの外国の観光客の方に、ぜひその素晴らしさを味わって戴きたいのです」

胸が熱くなった。同時に、ミカドホテルが自分たちだけのものではないという責任も感じた。

「分かりました。ぜひ、国の指定に向けての手続きをお願いします。私たちでご協力できる点は何でもしますので」

小島はホッとしたように体をソファの背もたれに預けた。

「ただ、私たちとしては、お客様に最高のサービスをお届けしたいという姿勢は貫きたいと思っています。それが重文指定されることで損なわれることは避けたい。そのあたりのご配慮もお願いできますか」

しっかり者の珠香が付け足した。

「承知しました。県とも相談して、迅速に進めます」

だが、行政が言う迅速は当てにならない。

「一つ無理なお願いをしてもよろしいでしょうか」

「何でしょう」

「栃木県と日光市の方で、日光ミカドホテルの国の重文と中禅寺湖ミカドホテルのクスノキの天然記念物具申について、記者発表をしていただけないでしょうか」

パリ

2

その少年は、煌々と明かりのついた部屋のベッドで、父親ほど歳の離れた男に犯されていた。その様子をブランデーグラスを傾けながら隣室のモニターで見つめていた美麗は、指を鳴らして立ち上がった。背後に控えていたダークスーツの部下がアタッシェケースを手にすると、中国語で指示を飛ばした。

「作戦開始」

既に隣室のドアの前では、四人の男達が周囲に目を配っている。男の一人がクレジットカード式の万能キーをドアに差し込んだ。別の男がいとも簡単にカッターでドアチェーンを切ると、見張りの二人を残して男たちが勢い良く部屋に飛び込んだ。

ベッドの二人は、囲まれても気づかないようで、彼らに向けて焚かれたストロボの光でようやく我に返った。

「お楽しみはそこまでよ、ムッシュー・ニコライ」

ストロボで眩《くら》んだのだろう目をしばたたかせたホイットマンが、唖然として美麗を見ている。視線を合わせるだけで穢れそうだと思った美麗は、窓際の椅子に座った。

「何だ、メイ。なんの真似だ」

声が震えていたが、それでもヘルベチカ・インベストメントの社長は、威厳を必死で取り戻そうとした。

「そのまま返すわ、ニコライ。何の真似なの、これは」

二人の男が乱暴に、ホイットマンの両脇を抱えて、ベッドから引きずり下ろした。怯えながらベッドの上で、衣服を探している少年を別の二人が捕まえると、部屋の隅に投げ飛ばし、交互に蹴りを入れた。少年が悲鳴を上げながら命乞いをするのを一瞥した後、美麗はガムテープで椅子に縛り付けられたホイットマンに視線を移した。

「こんなことをして、ただで済むと思うなよ」

美麗は軽く腰を上げると、手の甲でホイットマンの頬を数回立て続けにぶった。最後の一撃で、ホイットマンの唇が切れた。

「口の利き方に気をつけなさいよ。私が指を一つ鳴らせば、あなたの大切なものが切断されるかもしれないんだから」

怒りで真っ赤だった男の顔から、血の気が引いた。

「お利口さんね。安心しなさい。私のお願いを聞いてくださったら、殺しはしない」

「これは、将さんもご存じなんだろうな」

美麗が指を鳴らすと、男の一人が底の厚いガラスの灰皿を、ホイットマンの左手の小指に叩きつけた。指が潰れる音と絶叫が同時だったが、男達に口をふさがれて声の方はすぐにくぐもってしまった。

「言ったはずよ。口の利き方に気をつけなさいと。いい子にしていれば、五分で終わる」

美麗が人差し指を立てて合図を送ると、ホイットマンの前にテーブルが置かれ、数枚の契約書とペンが載せられた。

「それに全てサインをして頂戴。それで、あなたを解放してあげる」

「何のサインだ」

別人のようなか細い声が問うた。

「ビーナスグループ買収で、将陽明がいかに暗躍したかをしたためた告発書よ。ヘルベチカ・インベストメントが保有するビーナスグループの全ての株式と債権を、マリーヌ・ビーナスに譲渡する契約書もある。そして、こっちはあなたが今日付で退任する辞職届。全部にサインをお願い」

彫りの深い大きな目が、めいっぱいに見開かれた。

「そんなものにサインしたら、私は殺される」

「かもね。でも、逃走資金はちゃんと用意してあるわ。いえ、厳密に言うと、あなたが将に隠れて貯め込んだスイスの匿名口座については、お目こぼししてあげる。総額で一〇〇〇万ユーロほどはあるでしょう。悠々自適に暮らせるわ。何なら、そちらの美少年と仲良く暮らすのもいいかもね」

二人の男達に散々蹴りつけられた少年は、ぐったりして動かない。

「お願いだ、メイ。私を助けてくれ。君のために何でもする。だから」

汗が滴るホイットマンの顎を、美麗は指先で触れた。

「だったら、サインして頂戴。それが、メイのお願いよ。それを聞いてくれたら、あなたのお願いどおり、命は助けてあげる」

ホイットマンが激しく首を振ったせいで、汗が飛び散った。

「拒否権はないのよ、ニコライ。とっととサインするもよし、嫌ならあなたを殺すだけよ。私の手下には、サイン偽造のプロもいるしね。その上で、あなたの右手を切り落として、拇印を押すわ」

刃先が三日月のように反った刃物を目の前に突き出されると、ホイットマンは諦めたように項垂《うなだ》れた。

「チャンスは、一度しかあげないわよ」

激しく頷くホイットマンの喉仏が生唾を飲み込むたびに、大きく上下した。

美麗が指を鳴らすと、右手のテープがほどかれた。震えるホイットマンの手に、そばにいた男が万年筆を持たせると、もの凄い勢いで、ペンを走らせた。恐怖で手が強張ったせいか、ホイットマンはいつまでもペンを握りしめたままだった。目は生気を失い、唇は乾ききっている。恐怖を与えれば、尊大な人間だってこの様だ。美麗は薄く笑うと、部下に命じて、拇印を押させた。

「そうだ。もう一つ約束して頂戴。このことは、父には内緒ね。知っての通り、私の手下達は地獄耳なだけではなく、執念深いから、どこに逃げても必ず殺しに行くわ。まあ、父はあなたの話より私の涙を信じるから、たとえ密告しても無駄だと思うけどね」

「お願いだ、メイ。私を見捨てないでくれ」

背を向けた美麗は、軽く左手を挙げて応じるだけだった。廊下に出ると、アタッシエケースを持っていた男に文書を託した。

「野郎をどうしますか」

「殺す価値もないわ。でも、坊やは生かしておくのは危険ね。始末して」

「かしこまりました」

まるで古い家具でも処分するようなやりとりだった。男が部屋に戻ろうとした時、美麗はポケットの中にあった腕時計を思い出した。

「そうだ。あの坊やへの餞《はなむけ》に、これをプレゼントしてあげて頂戴」

ホイットマンを懐柔するために何度か関係を結んだ後、彼が贈ってくれたカルティエの腕時計だった。裏にはフランス語で〝愛を込めて、ニコライ〟と刻まれている。死体が発見されれば、警察にも手掛かりが必要だろう。

遂に自分は後戻りができないところまで来てしまった。そう覚悟を決めて美麗は、エレベーターに乗り込んだ。

3

二〇〇七年三月三一日　東京・赤坂

料亭の入り組んだ廊下を歩きながら、貴子は金色屋を思い出した。熱海を離れて一月余りが経つ。

花見の季節が盛りで、旅館はそれなりの賑わいを見せていると、留守を預かっているスーパーバイザーの深田祐子《ふかだゆうこ》から、写真を添えた報告書が届いていた。

フィリップ・ビーナスが危篤になって以来、何もかもが迷走を続けている。未だ収拾の目処は立っていない。それも、来週に予定されている臨時株主総会である程度落ち着くのだろうか。

渡り廊下の先にある離れに貴子は案内された。約束の相手は、暫く遅れるらしい。ふくよかな初老の女将は、満面の笑みで「先生は、先にやっていてくれとおっしゃっています。何か呑まれますか」と訊ねてきた。

「いえ、待つことに致します」

夕暮れ時で、坪庭の先に見える狭い空が仄かに茜色に染まっていた。用があったら、鈴を鳴らすように告げて、女将は下がった。

相手が来るのを待つ間、貴子は放心したように坪庭を眺めていた。頭の中では山のような懸案事項が渦巻いている。ビーナスグループの行方、売却話が持ち上がるたびに立ち消えになる金色屋、日光と中禅寺湖のミカドホテルを救う手だて——。どれを取っても、すっきり解決できそうなものはない。

背後で襖の開く音がして、女将がお茶と菓子を持って来た。

「まもなくお見えになるそうです。それまで、これでもお召し上がりになってください」

女将に勧められて、貴子は床の間を正面に見る座椅子に腰を下ろした。

「ミカドホテルのお嬢様だそうですね」

女将に尋ねられ、貴子は素直に頷いた。

「もう随分前、私がまだ芸者だった頃に、何度かお邪魔させてもらったんですよ。素晴らしいホテルでしたわ」

「ありがとうございます。また、是非いらしてください。昔と変わらぬおもてなしを心懸けて、お待ち申し上げております」

「それは嬉しゅうございます。ちょっと懐かしいようなハイカラな気分が、素敵でした」

若い頃を思い出しているのだろうか。女将が遠くを見るような視線で微笑んでいる。貴子は、女将の何気なくこぼした感想に、強く惹かれた。

「懐かしいハイカラな気分ですか」

「ええ。たとえば、戦前から続いている上等な洋食屋さんとか、そういうものと同じ空気があるように思えるんです。そんな場所って、最近はめっきり少なくなったでしょう。だから、懐かしくなるんです」

その時、背後で男性の太い声がして、襖が勢い良く開いた。

「やあ、お待たせしたね」

与党幹事長河上敏章《かわかみとしあき》が、渋い焦げ茶のダブルのスーツ姿で現れた。

「あら、先生。また、勝手に上がっていらしたのね。ちゃんと私がお迎えに参りますのに」

女将がしなをつくって立ち上がり、河上のスーツを預かった。

貴子は座布団を外して、丁寧に三つ指をついた。

「この度はお忙しい中、急なお願いにもかかわらず、お時間をいただき誠にありがとうございます」

河上は金色屋の上得意で、貴子を気に入り足繁く通ってくれていた。客を送り出して河上一人が飲む時などに酌をするうちに、貴子の境遇を知るようになった。「困った時はいつでも相談に来なさい」と言ってくれたその言葉に、今夜は甘えたのだ。

「堅苦しい挨拶は抜きだ。女将、いつもの酒とご馳走を頼むよ。こちらは、パリ帰りだからね。和食が恋しいんじゃないかな」

上機嫌の河上が上座に腰掛けると、女将は「はいはい、只今」と返しながら軽やかに部屋を出た。

「花の都で女を磨いたようだね」

胸ポケットからショートピースを取り出してくわえながら、河上は目尻を下げた。貴子はライターを手にすると、河上に火を近付けた。

「これは、恐縮」

河上はうまそうに煙を吸い込むと、天井に向けて煙を吐き出した。

「パリの本社は大変そうだな。カリスマ的経営者に支えられてきた企業の弱点が、如実に出ている」

想像以上に河上は、リゾルテ・ドゥ・ビーナスの内情を知っているようだ。

「お恥ずかしい話です」

「でも、君にとっては、チャンスかも知れんね」

「そうでしょうか」

「そうでなければ、私に会いになんぞやってこんだろう」

貴子が返答に窮しているのを楽しむように、河上は笑い声を上げた。

襖の向こうから声が掛かり、女将が仲居と一緒に酒と料理を運んできた。

酒はぬる燗で、おそらくは河上が好きな山形の酒に違いなかった。先付けは、旬の肴が盛り合わされた小皿が三皿、小さな盆の上に鎮座している。

「お酌はいいよ、ちょっと込み入った話をするから」

「あら先生、お安くないわね。こんな綺麗なお嬢さんと差しつ差されつなんて。では、よろしくお願いしますね」

二人きりになると、河上がお銚子を手にした。

「先生、それはいけません。私が先に」

「固いことをいいなさんな。さあ、受けて下さい」

貴子は恐縮しながら酒を受け、静かに空けた。返杯をすると、河上は勢い良くあおった。

「それで、どういう風の吹き回しだね。私に相談事なんて」

煮アワビを突つきながら、幹事長は本題を切り出した。

「他でもありません。ミカドホテルのことです。パリの本部では、日光と中禅寺湖のミカドホテルを取り壊して、大々的なリゾート施設を建築する計画が持ち上がっています。しかし、私としてはそれを阻止したい。そこで考えたのが、建物の重文指定を受けることでした」

「ほお、ミカドホテルは、まだ重文指定されていなかったのかね」

「何度も、文化庁から打診は戴いていたのですが、指定されてしまいますと、ホテル業を営む上では不便が多いものですから」

「グッドアイデアだね。いいんじゃないか」

「それですぐに、日光市と相談して、国の重要文化財の具申手続きを致しました。同時に、ひとまず栃木県と日光市が、重文指定に具申した記者会見を開く予定でした。ところが、待ったが掛かりました」

アワビの味を楽しんでいるのか、貴子の話に相槌を打っているのか分からなかったが、何度も頷いていた河上の動きが止まった。

「理由は？」

「文化庁から、勝手な記者会見は誤解を招く。会見をするなら確実に重文指定が決まってからとお達しがあったためです」

国指定の重要文化財は、まず文化庁の事前調査で、妥当と認められる必要がある。その後、文部科学大臣が文化審議会（文化財分科会）に諮問し、文化審議会は専門調査会に調査を依頼、その報告を受けて文部科学大臣に対し重要文化財に指定するよう答申を行う――という流れを経るため、少なくとも半年はかかる。

「まっ、それぐらいはやるだろうね。特に連中が申請させろと何度も言っているのを断ってきたのだったら、それなりの意地悪は覚悟した方がいい」

「おっしゃる通りです。ただ、それでは困るのです」

貴子の語気が強かったのか、河上は驚いたように、こちらを見た。

「ビーナスによる取り壊しを阻止するためには、一刻も早く世間に向けてアピールしなければなりません」

「で、私に何をしろというのかね」

貴子は再び座布団を外して、両手を畳についた。

「先生は、文部科学委員会の重鎮でいらっしゃいます。そこで、ぜひ、お力添えをお願いしたいのです」

「具体的に言えば、私に文化庁のお尻を叩けということかな」

「何卒よろしくお願い致します」

貴子は深々と頭を下げた。

「おやめなさい。そんなパフォーマンスは無駄なだけだ」

貴子が顔を上げると、河上は灰皿に置きっぱなしにしていたタバコをくわえていた。

「最近はね、昔のように我々政治家が、ごり押しできないことが多くなっているんだよ」

「承知の上です。ですが先生、以前お会いした時、日光ミカドホテルの大ファンだと仰って下さいました。情趣を解さない愚かな外国人が、そのホテルを取り壊すのを許してよろしいんでしょうか」

「確かに、それはあまり嬉しくないねえ。だが、一方通行の無心は非常識じゃないかね」

そう切り返されるのは覚悟の上だった。

「心得ております。先生がお望みの、どんなことでも」

いきなり河上の手が伸びてきた。

「こんなことでも、かね」

貴子は、相手をまっすぐに見つめて手を握り返した。

「おやすい御用です」

暫く二人はそのまま対峙していた。

フッという息が漏れ、貴子の手を握る力が緩んだ。そして、河上は腹の底から笑った。

「いや、お見事だ。私があと一〇歳若ければ、ぜひ君を自由にさせてもらうところだ。だが、残念ながら今の私では、宝の持ち腐れになるだけだな」

「何なりとおっしゃって下さい。お望み通りに従います」

「覚悟は分かった。それに、折角の申し出をフイにするつもりもないよ。だが、事は急を要するんだろ。ならば、君のお願いごとを先に進めよう」

こちらから持ち込んだ話とはいえ、スムーズに事が運びすぎている。貴子の心の中で警戒警報が鳴り響いていた。

「すぐに文化庁は叱っておく。数日中には、記者会見でも何でも開けるようになる」

「本当ですか、ありがとうございます」

また手をつきそうになる貴子の動作を、河上の言葉が止めた。

「そうだ。一つだけ、私もある人物から頼まれ事をしていたんだ。それを聞いてくれるかね」

「何なりと」

「君に人の仲介を頼みたいんだ」

そんなことか、と安堵した。

「仲介というのはね。君もよく知っている将陽明氏の頼みなんだ。彼がね、君が親しい男、確か鷲津とか言ったな。その男に是非会いたいんだそうだ。取りはからってくれるかね」

4　パリ

宵の口に降り始めた雨が、夜更けに土砂降りになった。セーヌ川沿いに停めた美麗のプジョーを、雨は包み込んでいる。「夜は千の眼を持つ」というジャズの小曲があるが、今夜ばかりは、雨がバリアになって美麗の悪巧みを覆い隠しているようだ。

「なんだか、雰囲気が変わったね」

黒のセーターに黒のニットスラックスという出で立ちを見て、助手席の男が呟いた。

「最近、ランニングを始めたから体が締まったのよ。それより、あなたは大丈夫？随分窶《やつ》れて見えるわよ」

一週間ほど見ない間に、ジャンはやさぐれた。髪は乱れ、無精髭も伸び放題。何より激しい雨が打つフロントグラスを見遣る目が虚ろだった。

「色々不安が多くてね」

所属していた経済紙“Les Echos”を辞してフリーランスになったものの、不安定な生活が辛いのだという。

「じゃあ、私の情報で元気になりなさいな」

書類袋を差し出しても、ジャンは身動きせずに前方を向いたままだ。

「最近、会ってくれないな」

「弱い男は嫌いよ」

いきなりジャンが覆い被さろうとしたが、美麗は両肘でブロックして、助手席に男を押し戻した。

「乱暴な男はもっと嫌い」

「メイ」

「情けない声を出さないで、しっかりなさい。ドヌーヴの背任告発の記事は、業界に衝撃を与えたのよ。あなたは今、注目株のフリージャーナリストじゃないの」

「だが、そのせいで、あいつは川に飛び込んだんだ」

なるほど、自棄になっている理由はそれか。美麗は彼を優しく引き寄せると、抱きしめた。

「この世は弱肉強食よ。弱者は滅びていく。あなたも何度か見てきたでしょう。ドヌーヴは弱かったのよ。あなたの記事が彼を死に追いやったのではなく、彼は既に破滅していたのよ。自分を責めるのはおやめなさい」

むしゃぶりつくように求めてくるジャンの背中を美麗は優しく撫でた。

「ジャン、今が正念場よ。ここで現実に負けちゃうのなら、悪いことは言わない。ストラスブールにお帰りなさい」

「俺を捨てる気なんだろう」

「バカなこと言わないで。私はあなたのそばにいつもいるわ。だから、しっかりして」

暗がりの中でジャンは、美麗の瞳の奥を探っている。彼女は精一杯の思いを込めて彼を見つめ返した。

「さあ、私がプレゼントした資料を見て」

ジャンは子どものように頷くと、書類袋を受け取った。美麗がルームライトを灯してやると、彼は渋々原稿を読み始めた。

最初の数行を読んだだけで、ジャンに生気が戻った。

美麗は黙ってジャンを見つめた。ホイットマンが罪を告白しサインをしたページまで読み終えたジャンは、記者らしい面構えになっていた。

「これをどこで」

「どうでもいいことでしょ。それより、この文書は、なかなか衝撃的じゃないかしら」

既にジャンは、ヘルベチカが香港系の中国投資家の隠れ蓑で、ヨーロッパの名門を買い漁るミッションを持って暗躍していると、フランスのタブロイド紙で書いている。この文書は、その裏付けとなる。

「これが、本物ならね」

「本物よ」

「証拠は？」

私がこの眼でサインするところを見たんだから、とは言えない。その質問を予想して用意していたマイクロテープレコーダーを、美麗はバッグの中から取り出した。そして、プレイボタンを押した。

〝このままでは、私があなたの傀儡《かいらい》であることを世間に知られてしまいます。将さん〟

ニコライが強張った声で、将陽明に泣き言を訴えている。

〝まあまあニコライ、落ち着くんだ。そんな簡単に露見するようなバカはしないよ。とにかく君は毅然としていたまえ。そうすれば、嵐は過ぎ去る〟

そこで美麗はレコーダーを止めた。

「将とホイットマンの電話のやりとりよ。これもあげるわ」

「こんな凄いものをどうして」

美麗はジャンの唇を人差し指で押さえた。

「それはね、きかないで。私の香港の友人が義憤に駆られて預けてくれたの」

彼が信じていないのは分かった。だからといって、気にする必要はない。

「いらないなら、いいのよ。これだけ揃っているんだから、どこに持って行っても大枚を叩《はた》いて買ってくれるでしょう」

レコーダーをしまおうとする美麗の手首を、ジャンが摑んだ。

「いらないなんて言ってないさ。ありがとう。いや、本当に恩に着るよ。これでドヌーヴも報われるだろう」

そうは思わなかったが、美麗は聞き流した。

「まだ表沙汰になっていないけれど、ホイットマンが失踪したそうよ」

「そりゃあ、こんな告白書を書いたら、身を隠すぐらいはするだろう」

「彼を裏切らせた男がいるの」

ジャンの目つきがさらに鋭くなったのが、暗がりの中でもはっきりと分かった。

「まさか、例の黄色いハゲタカか」

「さっき渡した袋の中に、アメリカのタブロイド紙のコピーが入ってたでしょ。そこのインタビュー記事を読んで」

雨音を蹴散らすように、トレーラーの大きなクラクションが鳴り響いている。パトカーのサイレンが、それに続いた。

「こいつが、黒幕なんだね」

ジャンがうめき声を上げた。ルームライトの光は、顔の輪郭と口元だけが写った〝黄色いハゲタカ〟の顔写真を照らした。この写真では、実際に鷲津に会った人間でも、彼が本物かどうか特定はできない。一華はいい仕事をしている。

　見出しには「フランスの至宝を巡り、日中のハゲタカ激突」とある。

「ニューヨークで派手に資金集めをしているみたいね。その一方で、ホイットマンを寝返らせた。ヘルベチカが保有している債権や株式も、彼が奪取したかも知れないわ」

「凄いスクープだ。ありがとう、メイ。俄然やる気になった。この記事を物にしたら、食事を奢らせてくれ」

興奮する若き記者の頬を撫でながら、美麗は止めを刺した。

「食事だけなの、ジャン」

「まさか、お楽しみはたっぷりと仕込んでおくから」

艶然とした笑みを投げて、美麗はイグニッションキーを回した。用件は済んだ。これで、この青年ともお別れだ。心の中で別れの言葉を呟いて、美麗は彼のアパートのある通り目指して、車を走らせた。ハイビームのライトが、篠突く雨を切り裂いた。

5

二〇〇七年四月二日　東京・大手町

高速で上昇するエレベーターの中で、貴子は息苦しいほど緊張していた。

大手町ファーストスクエアビルにあるサムライ・キャピタルのオフィスを訪ねるのは、初めてだった。まともに行っても断られるだけだと思い、強行突破した。

エレベーターホールから右手に進むと、正面に〝SAMURAI CAPITAL〟という金字のロゴが光る受付が見えた。

「いらっしゃいませ」

「日光ミカドホテルの松平貴子と申します。お約束はしていませんが、御社の代表である鷲津政彦様にどうしてもお会いしたくて、お邪魔いたしました」

貴子が差し出した名刺を両手で受け取った受付嬢は、受話器を上げた。

「社長宛に、日光ミカドホテルの松平貴子様がいらっしゃいましたが。はい、お約束はされていないそうです。……承知いたしました」

受話器を置くと、受付嬢は貴子に名刺を返し、ロビーに案内した。

「暫くここでお待ち願えますか。係の者が参りますので」

窓際のテーブルに案内されて、貴子は腰掛けた。皇居のお濠端を見下ろすと、桜の花が咲き誇っているのが見えた。

そういえば、東京は桜が満開だと、今朝のニュースは告げていた。お台場のホテルに勤務していた頃は、休み時間などに千鳥ヶ淵まで桜を眺めによく行ったものだ。当時も苦労の連続だったが、今から思えば希望や野望を抱いて、日々が新鮮だった。あの時の貴子にとっては、桜は儚いというより、挑戦を後押ししてくれる応援に思えた。自分もあんな風に咲き誇りたい。そう願い、それが実現できると信じていた。

「お待たせしました」

声をかけられて振り向くと、貴子は立ち上がった。小柄な女性が目礼した。

「初めまして、M&A事業部の前島《まえじま》と申します」

「突然お邪魔してしまいまして、申し訳ございません。ミカドホテルの松平貴子と申します」

「社長との面会をご希望と伺ったのですが」

「お忙しいとは存じますが、一五分ほどで結構なので、お時間を頂戴できないでしょうか」

前島は恐縮したように貴子を上目遣いで見た。

「生憎、海外に出張しておりまして」

予想しておくべきだった。貴子は己の浅はかさを呪いながら、それでも可能性を探ろうと決めた。

「お戻りはいつになりますか」

「未定です。失礼ですが、どういうご用件でしょうか」

初対面の相手に答えるべきなのか迷った。だが、伝言を残さなければ、鷲津とはいつまでも会えない。

「折り入ってお願い事がございます。ご存じかどうか分かりませんが、以前、鷲津様には弊社の再生にひとかたならぬご尽力を賜りました。その件で、是非ともお力添えを戴きたいことが急に持ち上がりまして」

そこで前島は貴子に席を勧め、自身も正面にかけた。

「ホライズン時代の案件ですよね。結果的にはご迷惑をおかけしたと聞いております」

そう言われると、さしたるトラブルにも思えない。当事者でなければ、その程度のものなのだろう。

「とんでもないことです。ご迷惑をかけたのは私どもの方です。本日も恥を忍んで、鷲津様にご相談に参りました」

見ず知らずの者に縋っているうちに、己の身勝手な図々しさが恥ずかしくなった。

「私の一存では何とも申し上げられないのですが、弊社の中延《なかのべ》をご記憶でしょうか。ホライズン・キャピタルでは、不動産担当の責任者を務めておりました。その者で良ければ、つなぎましょうか」

鷲津とアラン・ウォード以外のスタッフは、顔と名前が曖昧だった。だが、藁にも縋る思いだけに、貴子はその〝藁〟に縋ろうと決めた。

「ぜひ、お会いさせてください」

前島が「では」と、貴子をオフィス内に案内した。オートロック式のガラス戸を入ると、廊下を挟んで応接室や会議室が並んでいた。

「すぐに、参りますので」

　ソファに腰を下ろしてまもなく、ノックの音と共に初老の男性が入ってきた。後退した額とベッコウ縁のめがねに、かすかに記憶があった。

「ようこそいらっしゃいました。もうお忘れでしょうが、ホライズンで、不動産担当を務めておりました中延です」

　名刺では、サムライ・キャピタル・アセットの社長とあった。投資ファンドのスタッフというより、街の不動産屋の主という方がしっくりくる親しみやすい印象だ。

「鷲津にご相談がおありだと伺いましたが、差し支えなければ、もう少し具体的にご説明戴けますか。松平さんには、大変お辛い思いをさせましたので、可能な限りのことはさせて戴ければと考えております」

　中延の親身な声につい遠慮を忘れて、貴子は事情を洗いざらい伝えた。時折大きく頷きながら聞いていた中延は、貴子が話し終わるなり口を開いた。

「そういうご要望であれば、さほど難しくない気も致します。ただ、私は将陽明という方を存じ上げないので、現時点では正式な返事を差し上げられないのですが」

「おっしゃるとおりだと思います。ですが、ミカドホテルが解体される危機を回避するために、何としてでも鷲津さんのお力添えを戴きたいのです」

中延が、同席している前島の耳元でなにやら囁いた。前島はすぐに部屋を出て行った。

「とりあえずその人物について社内に資料があるか調べてみます。それはともかく、日光と中禅寺湖の両ホテルが重文などに指定されても、守られるのは建物だけですな。松平さんは、三つのミカドホテルの経営権を取り戻されたいんですよね」

貴子は強く頷いた。

「だとすると、もう少し根本的なご支援を考えるべきなのかも知れません」

だが、鷲津は救うつもりはないと断言している。貴子は敢えてそれを伏せて、中延の話の続きを待った。

「三つのホテルを、ビーナスグループから奪還するために必要な費用は、いかほどなんでしょうな」

「一部債務を肩代わりしてもらっていますので、それを含めると三〇〇億円余りかと」

中延は天井を見上げると、数字を呟いた。暗算しているらしい。

「まあ、そんなところですかな。しかし、現在のホテル事情からすると、ややボリすぎですな。今のビーナスグループに、極東でのビジネスを展開するだけの余力があるのでしょうか」

「それは私の口からは、何とも申し上げられません。フィリップ・ビーナスが亡くなってからは、経営方針が迷走しているのは事実です」

中延は何を考えているのだろうか。もしかして、買収資金を融通しようと考えているのだろうか。それとも単なるリップサービスか……。

「大変失礼ですが、中延さん、御社で、ミカドの買い取りをご検討戴けるのでしょうか」

中延は苦笑いをして額を撫でた。

「安請け合いは申しません。ただ、良い手立てはないものか検討するのは、やぶさかではございません。せめてもの罪滅ぼしにね。そうは言っても、松平さんの今のお立場だと、これ以上このご相談に乗るのは難しいですな」

貴子がビーナスグループの一員だからだ。

「つまり、利益相反、ですね」

「おっしゃるとおり。まだ、ビーナスに未練がおありなのですか」

貴子は返答に窮した。彼女自身、一刻も早く辞めたかったのだ。だが、フィリップ個人の顧問弁護士が現れたあの日、事態が一変した。貴子はどうしてもリゾルテ・ドウ・ビーナスの社員として、一年間は在籍しなければならないのだ。しかし、それをここで口にするのははばかられた。

「未練ではなく、すぐに辞められない事情があります」

「なるほど。まあ、社内にいる方が、暴挙も止められるかも知れませんからなあ」

「あの、図々しいおたずねをしても、よろしいでしょうか」

「どうぞ、ご遠慮なく。ざっくばらんに腹を割って戴いた方が、私たちにも対策が講じやすいですからね」

「私がビーナスグループを辞した場合、どのようなご協力を期待できるのでしょうか」

中延は腕組みをしてしばしまた熟考した。

「それも、現段階では即答できかねますな。もちろん、ご希望であれば少し考えてみますが」

「ぜひ、お願いいたします」

想像とは異なる展開に戸惑いながらも、貴子はここに来て良かったと強く思った。もし、中延が救いの手をさしのべてくれるのであれば、鷲津と将を会わせる必要もない。

「顔を上げてください。その期待にどこまでお応えできるのかも分かりませんので。せっかくいらしたのです。ちょっと基礎データだけでも調べてみましょう」

中延はそう言って中座した。

独り残された貴子は、大きく息を吐き出してソファに身を預けた。緊張していたせいか、マナーモードにしていた携帯電話がバッグの中で振動しているのにしばらく気づかなかった。

発信者はモニカと表示されている。

「ああ、貴子。やっと捕まった。今、どこなの？」

まくし立てる声に、激しい動揺を感じた。

「東京です。何かあったんですか」

「ニコライが失踪したのよ。さらに、地元紙に変な記事も出たの。もう大変なことになっているの。今すぐ、パリに戻ってきてくれないかしら」

ニコライが失踪したという衝撃が、脳に達するのに暫く時間を要した。ようやく回路が繋がると、貴子はモニカを落ち着かせてから、問うた。

「どうして、ホイットマンさんが失踪するんです？」

「そんなの知らないわよ。とにかく、辞表を残して跡形もなく消えちゃったの」

「変な記事というのは、どんな?」

「ニコライの独断で、ビーナスグループを日本のハゲタカファンドに売却しようとしている、ですって」

ファンドの名を質すと〝サムライ・キャピタル〟だと言う。今、まさに私がいる場所だ……。

「私が知らないところで、グループが売り買いされるなんて。絶対に許せないわ」

誇り高きモニカならそうだろう。

「落ち着いてください。じゃあ、臨株はどうなるんでしょうか」

「中止よ、中止。とにかく、今すぐ戻ってきて」

モニカの電話はヒステリックな叫びで終わった。今すぐ戻れるような距離に貴子がいない事情など、お構いなしのようだった。

いずれにしてもパリに戻らなければ。その間に、中延に妙案を考えてもらおう。

そう決めると、貴子は中延が戻ってくるのを待った。

第七章　フック

1

二〇〇七年四月三日　東京・大手町

ホイットマンの突然の辞任と失踪、臨時株主総会の無期延期、そして電話口で取り乱しているモニカ……。

それは激動の一日の始まりだった。

即刻パリに戻ってこいということ以外のモニカの泣き事は辛抱強く聞いてやった。何を言われても、今は日本で懸案を処理するのが最優先だ。中延には、急遽《きゆうきよ》パリに戻らなければならないので、明日のうちに概要だけでも提示してほしいと頼み込んだ。

——では、明日の午後二時に、弊社までいらしてください。

それから日光に一度戻って、パリ行きの準備を整え、今朝一番で東京に戻ってきた。

サムライ・キャピタルを訪ねると、さほど待たされることもなく、中延が両手に資料を抱えて部屋に入って来た。

「パリはますます大変なようですな」

「詳細については分かりませんが、社内の動揺は大きいようです」

「急遽パリに戻られるのは、そのためですな」

貴子は素直に頷いた。

「もしかすると、ビーナスをお辞めになる時期も早まるのでしょうか」

「何とも申し上げられません」

それを見定めるために、パリに戻ると言っても過言ではない。

中延はそれ以上は訊ねず、ぶ厚いファイルを差し出した。

「さて、まず最初にお詫びしなければなりません。社長とコロンビアグループの将陽明氏とのお引き合わせの件ですが、大変申し訳ないのですがお役に立てないと申しております」

予想はしていたが、それでも可能性を知りたかった。

「それは、鷲津さんご自身のお答えなんでしょうか」

「我々の方でもあれから色々と調べました。その結果も加味しての結論です」

曖昧な言い回しが気になった。だが、これ以上粘ったところで、翻意してもらえるとは思えなかった。

「つかぬ事を伺いますが、松平さんは、将陽明という方をどの程度ご存じなのでしょうか」

口ぶりからすると、中延は心配してくれているらしい。そこで、戦前から将が日光ミカドホテルに長期間逗留していたことや、祖父母と親交があった縁で、ミカドホテルを取り戻す手伝いをしたいとの申し出を受けたことなどを、正直に説明した。

「それは、将氏自身がミカドホテルの経営権を手中にするという意味では？」

「最初は、私もそう疑っていました。でも、将氏の目的は別にありました。私と鷲津さんの関係を知っておられて、鷲津さんとの仲介のための交換条件だったのだと思います」

合点したように、中延が頷いた。

「彼については、あまり良い噂はありません。ご用心なさってください」

今さら遅い忠告である。だが黙って頷いた。

「それでご支援についてですが、弊社がお手伝いできることは、さほどなさそうなんですよ」

ファイルの表紙には、「ミカドホテル奪還計画」という勇ましい文字が記されている。その次のページに、具体案が列挙されていた。

「過去に、多大なご迷惑をおかけしたお詫びをすべきだと考えておりまして、そういう意味では融資のご相談や御社の株式を三％程度であれば、お引き受けする所存ではあります」

だが、その程度では焼け石に水だった。

「この程度の額で、ミカドホテル奪還計画などと言うのはおこがましいと思っております。そこで、弊社が幹事社となって〝ミカドファンド〟を設立し、広く投資を集めたいと考えております」

以前、似たようなファンドが設立され、ミカド再生の大株主となった。ところが、その運営会社の経営方針の変更で、ミカドホテルは、リゾルテ・ドゥ・ビーナスに転売されたのだ。

「ご迷惑をかけた〝ふるさとファンド〟の轍《てつ》を踏まないために、このファンドの目論見書には、『ミカドホテルグループへの経営支援を目的とする』と明記します。また、ファンド運営会社が勝手に御社から資金引き上げや転売ができないように、弊社が責任をもって監理します」

それを聞いて、貴子は鷲津の言葉を思い出した。

——誰にも頼らず自分で戦って下さいよ。そうすれば、あなたにとって本当に大切なものが分かるはずだ。

「鷲津さんも、ご承知のご提案なのでしょうか」

「もちろんです」

「一〇日ほど前に、鷲津さんと話しましたが、その時は、ミカド買収のための支援を断られました。なのに、なぜ今になって、こんなに手厚く助けて戴けるのでしょうか」

　中延が提案文書をもう一ページめくって、貴子に見せた。

「〝ミカドファンド〟設立のためには、まず御社の方から、魅力あるミカドホテルの再生プランを提示して戴く必要があります。その際、以下の点を充たしてくださるのが、支援の条件です」

　経営陣の強化、他社との差別化、通年の集客力の向上――の三点が求められていた。提示されなくても、ミカド再生のためには、絶対に越えなければならないハードルだった。

「とにかく実現可能な具体的な計画を戴けますか。例えば経営陣を強化するためには、事業再構築責任者《CRO》の招聘は必須です。客単価の設定や集客については、具体的な目標値とそれが達成できる裏付けも求めます」

　つまり、鷲津は、最後のチャンスを与えてくれたわけだ。それも抽象論ではなく、現実的な目標として。

「三ヵ月を目処に、目標達成のための文書を提出してください。それらについて私どもの最高経営会議で審議した上で、〝ミカドファンド〟設立の是非を考えたいと思います」

　到底無理な日程だった。

「私たちが御社の条件をクリアした場合、どの程度の規模のファンドが設立されるのでしょうか」

「ひとまず、一〇〇億円でいかがでしょうか。ミカドホテルを取り戻すために必要な資金の三分の一です。この程度なら、ファンドには拒否権もありませんから」

　この程度とさらりと言うが、ミカドにとってありがたすぎる額である。しかしそれだけ用意してもらってもそれとは別に、さらに二〇〇億円を用立てる必要がある。

「まあ、買収額が三〇〇億円というのは、ちょっと高すぎますな。もっと安く買い叩けるでしょう。特に今、ビーナスグループは経営の混乱が続いていますからね。その場合でも、一〇〇億円はプールしておきましょう」

　ミカドホテルが危機に陥って以来、初めて耳にした具体的な支援策だった。

「本当にありがとうございます。全力で、事業計画書を作成致します」

「まずはCRO探しでしょうな。ここが成功したら、資金集めは意外に簡単かも知れませんよ。どなたか、当てはありますか」

言うべきかどうか迷ったが、結局口にした。

「芝野《しばの》健夫《たけお》さんに、お願い出来たらと思っています」

2

大手町からタクシーに乗り込んだ貴子は、汐留にある曙電機《あけぼのでんき》本社を目指した。午後四時に、芝野と会う約束を取りつけていた。中延に背中を押されたわけではない。珠香からもCROの必要性を説かれて、数日前に連絡を入れていた。だが、中延と会ったことで、芝野との面談にはより重要な目的が生まれた。

車中で、貴子は提案書を再確認した。サムライ・キャピタルから支援を受けるために越えなければならないハードルは高い。しかし、理不尽な提案は一つもない。いずれもが、ミカドホテルを取り戻せた暁には、絶対に着手しなければならない喫緊の課題ばかりだった。

尤も、三ヵ月という限られた時間で、これらの目処を立てるのは至難の業だった。

それでも、このハードルを越えた先に、悲願成就の突破口があるのだ。誰かの思惑に振り回され空回りするのではなく、確かな目標に向かって邁進できる。こんな前向きな気持ちになったのは、久しぶりだった。

携帯電話が鞄の中で振動していた。発信元は海外だった。また、モニカからだろうかと思って、反射的に応答した。

「ご無沙汰してしまいましたね、貴子さん。将です」

男の不敵な笑みが脳裏に浮かんだ。まるで亡霊のようだ。

「こちらこそ、ご無沙汰してしまいました。お元気でいらっしゃいますか」

「耄碌《もうろく》した年寄りに、元気と言えるような日は滅多にありませんよ」

「幹事長や将が催促しても、鷲津サイドが検討中だとおっしゃってくださいね」と中延から釘を刺されているのを思い出しながら、貴子は相手の用件を待った。

「先日、貴子さんが鷲津さんと私の間を取り持つために動いてくださっていると、ある筋から聞きましてね。これは、一言お礼を言わなければと思ってお電話を致しました」

「今、ちょうどサムライ・キャピタルにお邪魔したところでした」

「で、鷲津氏はなんと」

声が弾んでいた。

「生憎、海外出張に出られて連絡がつかないそうです。ただ、部下の方は善処すると仰ってくださいました。今暫くお時間を戴けますか」

「それは嬉しい。貴子さん、何とお礼を申し上げればよいか」

この男には用心しなければならないと思いながらも、子どものように喜んでいる声に、貴子は胸が痛んだ。

「それより将さん、ホイットマンさんを突然解任されたのは、なぜですか」

「私が解任したわけではありません。彼が突然消えてしまった経緯については、調査中です。とにかく私には全く相談もありませんでした」

にわかには信じがたい話だが、こちらにとっては僥倖以外の何物でもない。

「パリは大騒ぎです。ぜひ打開策を打たねばと思っているのですが、将さんのお心づもりをお聞かせ願えますか」

「まずは、事態を把握しようと考えています。その上で、しかるべき措置をとりましょう」

もしかすると、本当に将も寝耳に水だったのだろうか。

「善処を期待しています。フィリップが亡くなってから、ビーナスグループは混乱続きです。世界最高峰のラグジュアリーサービスを謳っているのに、これでは安心してお客様と向き合うこともできません」

「これだけ追い詰められても、宿泊客への気配りを忘れないとは、本当に素晴らしい方だ。ぜひ、早急に対処しましょう。では、鷲津氏からのご返事を楽しみにしています」

電話を切った後、暫く貴子はじっと携帯電話を握りしめていた。

自分は将から褒められるような良い人ではない。ただ、将を上手に利用できたらという下心が動いただけだ。

知らぬ間に自分自身も、行き当たりばったりの言葉を弄している。情けなかったが、そこに痛痒を感じなくなっていたのも事実だ。

今はなりふり構わず、ミカドのために最後まであがくのだ。鷲津もそう言っていたではないか。

曙電機の受付で、芝野との約束を告げた時には、もう何の迷いもなかった。芝野にCROを引き受けてもらう。それが叶わなくてもCROにふさわしい候補をせめて彼に紹介してもらおう。

役員応接室に通されて、彼女は高層階から東京湾を見下ろしていた。海は春霞にかすんではいたが、それでもすがすがしい気分になった。

「お待たせしました」

懐かしい声だった。

「ご無沙汰いたしております」

互いに近況を伝えあった後で、芝野がパリの騒動を気遣ってきた。

「お恥ずかしい事態が続いているのですが、まもなく収束に向かうのではと信じています」

「カリスマ的なオーナー会社が辿る悲劇なのかもしれませんね。あなたも苦労が絶えませんね」

苦労の数では芝野だって負けていないはずだ。にもかかわらず、芝野は以前よりも若々しく見えた。

「私の不徳の致すところです。それでお願いごとなのですが」

貴子はそう切り出して、ミカドホテル奪還のために優秀なＣＲＯの存在が必須だと説明した。

「全く同感ですね。貴子さんや珠香さんが、お客様にしっかりと向き合うためには、ＣＲＯの存在が絶対必要だと、私も以前から考えていました」

「実は、失礼を承知の上でのお願いなのですが。ぜひ、芝野さんにそのCROをお引き受け戴けないかと思いまして」

芝野が呆気にとられたように貴子を見ていた。

「これは驚いた……。確かに私も時間が許せばやってみたいとは思います。しかし、軽はずみにお引き受けできるものでもありません」

「そこをなんとか。是非とも私たちを救ってください」

芝野は暫く言葉を探すように貴子から視線を逸らし、じっと考え込んだ。

「私でお役に立つのであれば、ぜひそうしたい。でもね、今はこの会社から離れるわけにはいかないんです」

至極当然の答えだった。

「今すぐとは申しません。半年後でも結構ですので、ご検討戴けませんか」

手前勝手で虫のよいお願いをしている、という自覚はあった。だが、それで何かが変わるのであれば躊躇している場合ではない。

「貴子さん、タイム・イズ・マネーですよ。ビーナスグループが混乱しているチャンスを生かさなければ、半年先なんて悠長な事ではダメです」

それは分かっているが、他に手立てがないのだ。

「恵比寿屋を覚えていらっしゃいますか」

忘れもしない。芝野が最初に手がけた事業再生先であり、彼のターンアラウンド・マネージャーとしての実績はそこから始まっているのだ。栃木県のいちスーパーマーケットにすぎなかった恵比寿屋が関東一円で店舗展開をする優良量販店に成長したのも、芝野の力あってこその成果だ。

「私は途中で投げ出してしまいましたが、後を引き継いで恵比寿屋を完全に復活させた人物がいます。数年間社長を務めた後、彼女は退職してアメリカに渡りました。そして、ターンアラウンド・マネージャーとして一から学ぼうとしていたんです。それが、お母様の介護で日本に戻ってこなければならなくなったという連絡を、つい最近もらったばかりなんです」

運は水ものだ。幸運も悪運も束になって一気にやってくる。この数日、ミカドホテルにとっての幸運が突風のように吹いていた。

「その方を、ぜひご紹介戴けませんか」

「分かりました。急ぐんですよね。さっそく彼女に連絡してみます」

思わず立ち上がって頭を下げていた。

「よしてくださいよ。この程度のお手伝いしかできないのが心苦しいんですから」

貴子は顔を上げた。

「そんな風にお考えにならないでください。でも、本当に嬉しいんです。差し支えなければ、その方のお名前をお教え願えますか」

「宮部《みやべ》みどり、といいます」

3

香港

この山の頂から見る夜景は星をちりばめたように美しいが、同時にこの街の虚飾のすべてのようにも思えた。

美麗は久しぶりにビクトリアピークの〝実家〟にいた。かつては父の陽明と共に暮らした住まいだ。

自分たちの悪巧みに父が勘付いたようだと一華から連絡を受けるなり、パリから飛んできたのだ。いずれ知られると覚悟していた。もちろん、その対策も練って準備万端で香港に乗り込んだ。

空港の到着ロビーに達すると、すぐに顔見知りが二人近づいてきて、この邸宅に連行された。

父は邸宅にはいなかったが、まもなく来るという。手持ち無沙汰になった美麗は仕方なく、香港の夜景を眺めていた。

今のところ、順調に来ている。ここから先、彼女の〝復讐〟が最終段階に進めるかどうかは、今日の父との対峙にかかっている。今日は徹底的に愚かな娘を演じなければ。

そう自らに言い聞かせながらも、眺めているだけで様々な思い出が去来する夜景から美麗は目が離せなかった。初めてこの絶景を見た夜に、あの光にかき消されるようなゴミではなく、高みから見下ろす人間になりたいと願ったものだ。だが結局、自分の居場所は闇の奥底でしかなかった。

遠慮がちなノックがあって、父が帰宅したと執事が告げた。美麗は財布からアランと二人での思い出の写真を取り出した。

〝私を守って、アラン〟

父は豪華な調度品が並ぶリビングで、彼の〝戦闘服〟である黒のマオカラーの正装で美麗を迎えた。

「やあ、藍香。おかえり」

彼はそう言って、彼女を強く抱きしめた。懐しい伽羅の香りに包まれながら、美麗は彼の胸に顔を埋めた。

「お父様、酷い噂が流れている私を抱きしめてくださるなんて」

「酷い噂？」

彼女の髪を撫でながら、陽明は優しく囁いた。

「お父様を裏切って、ビーナスグループを横取りしようとしている。きっと、そんな情報が届いているはずです」

「そういう噂があるのは知っているよ。でも、それは真実なのかね」

美麗は激しく首を左右に振った。

「誤解よ。一華が自分の悪行をごまかすためにでっち上げたの。もちろん、あなたを恨めしく思ったこともあります。私から大切なものをいつも奪っていく。でも、お父様、それと同じぐらい私は、あなたを愛しています」

美麗は息がかかるほどの距離で父を見上げて、ゾッとした。彼の顔に、死の影を見た気がしたからだ。

「お父様。どうなさったんです、そんなに辛そうなお顔をされて」

父は悲しげに微笑むだけで、何も言わない。美麗は皺だらけの父の顔をそっと撫でた。

「とても悲しそうなお顔だわ。私のせいね」

「そうじゃないさ。おまえだけが、私の生きる力なんだから」

彼女を抱きしめていた父の手がゆるんだ。美麗は崩れ落ちるように父の足下にひれ伏した。美麗は、芝居がかりすぎないように気を遣いながらも、父を懐柔することに集中した。

「なのに、私はお父様を裏切った。そう思ってらっしゃるんでしょう」

「藍香、おまえが私を裏切るだなんて、バカバカしい。たとえそうだとしても、おまえへの愛は変わらない。さあ、立ちなさい」

こんな甘言を信じてはいけない。明らかに父は私を疑っている。だが、その疑惑は怒りではなく、絶望を父に植え付けているような気がした。

「さあ、藍香。一緒に食事をしよう。そして、すべて話してくれ。私の知らないところで、一体何が起きているのかを」

静かな晩餐を終えると将陽明は、娘をテラスに誘った。眼下には、百万ドルの夜景が広がっている。夜になって風が出たせいか、光が冴えていた。漆黒に点在する宝石の輝き。香港が持つ闇も汚れも、夜はすべてを覆い隠す。その美醜は、ビクトリアピークで暮らす大富豪そのものだった。

「どうしたんだね、そんな怖い顔をして」

ガーデンチェアを隣に並べて座っていた父が、心配そうに声を掛けてきた。

「仕事の話をしてもいいかしら、お父様」

「無粋だね。もう少し夜景を楽しもうじゃないか」

父はブランデーグラスを揺らして酒の香りを楽しんでいる。

「久しぶりにピアノを弾こうかしら」

並んで夜景を眺める気まずさよりも、ずっと気が楽だった。

「それは嬉しいね」

窓を開けて演奏すれば、テラスにも音色は届く。

「おまえがいつ戻ってもいいように、定期的に調律師を呼んでいるんだ」

年代物のスタインウェイは、黒光りするほどに磨かれていた。

指が自然と『星に願いを』のメロディを奏でていた。ディズニーのアニメ『ピノキオ』の主題歌で、子どもの頃の美麗はこの曲が大好きだった。

父は肘掛けに置いた手でリズムを取っている。

When you wish upon a star—星に願いを懸ける時
Makes no difference who you are—誰だって
Anything your heart desires—心を込めて望むなら
Will come to you—きっと願いは叶うでしょう

一生懸命願えば、夢は叶うと本気で思っていた少女時代の無邪気な私。

美麗は曲を弾き終わると、父の隣に戻った。

「ニコライは、お父様を裏切っていたわ。そして、少年への爛《ただ》れた欲望に狂っていた」

父は、目を閉じて余韻に浸っている。

「だから、私が排除したの。あいつはお父様を裏切って、ビーナスグループを私物化するつもりだった。そんな奴を許すわけにはいかなかったの」

「よさないか、藍香。せっかくの夜が台無しだ」

やめるつもりはなかった。願いは自分で叶えるものだ。

「あいつはクズの中のクズだった。でも、もっと心配なのは、ビーナスグループの行方。このままだと、お父様が大切にしているミカドホテルも破壊されてしまうわ」

「それもまた、宿命なんだ」

「お父様らしくない。将家は宿命に抗ってでも、一族の繁栄を願うのが家訓でしょう。パリを私にください。私が必ず、立て直してみせる」

父は苦しげに眉間の皺を深くした。

「二人で暮らすだけのカネはある。政治も陰謀もそしてビジネスも、もう止めようと思っている」

父は本当に耄碌したようだ。だが、楽隠居なんて許さない。

「私はもちろん、お父様のそばにいるわ。だから、私の好きにさせてください」

「いや、藍香。おまえは、私と一緒に引退するんだ」

「引退だなんて、お父様。どうされたの」

不意に手首を万力のような力で握られて、美麗は小さく叫んだ。

「一度しか言わない。藍香、引退しなさい。そうすれば、私はすべてを忘れる」

声色が変わった。美麗は、一瞬の隙を見つけて、父の手から腕を引いた。険しい目つきに見つめられた。

「藍香」

「人はそんなに簡単に忘れられないものよ、お父様」

「許してくれ。おまえを悲しませるつもりはなかったんだ」

「お願い、もう少しだけ、私の好きにさせて」

陽明は辛そうに目を閉じた。

「おまえや一華に、ファミリービジネスをさせるわけにはいかない。おまえたちは、日の当たる場所に立ってはいけないんだ」

「そうね。闇の中で蠢いていればいいのよね」

「どうして、そんなわがままを言うんだ」

ミッション遂行のためなら肉親まで犠牲にする男が、この期に及んで善人面するなと言いたかった。だが、今は争う時ではない。耄碌したとはいえ、父の力を侮ってはならない。

「パリの後始末を私に任せて。二ヵ月で戻ってきます。そうしたら、いつまでもお父様のそばにいます。こうして毎晩、夜景を見ながら、『星に願いを』や『ペーパー・ムーン』を弾いてあげるわ」

「そこまでいうなら、しょうがない。いいだろう。おまえのわがままを聞こう。但し、条件がある」

気弱な老人に見えた父の顔が、いつの間にか秘密工作責任者《スパイマスター》の厳しさをまとっていた。無理難題かもしれないと覚悟した。

「パリに行きたければ、私の前にあの男を連れてくるんだ」

あの男が誰を指しているのか分からなかった。

「鷲津政彦だよ。彼を連れてくれれば、パリはおろか、この街もくれてやる」

美麗が呆れるのも構わず、陽明は続けた。

「期限は一ヵ月だ」

4

二〇〇七年四月四日　日光

「それでリゾルテ・ドゥ・ビーナスは納得してくれたの？」

パリ行きの予定を遅らせてまで戻ってきた姉に、珠香は半ば呆れていた。二人は、日光ミカドホテルの支配人室で向かい合っていた。

「どうせ、私が戻ったところで、特に何かできる訳じゃないから」

「でも、女ボスには頼られているんでしょ」

「そうじゃないと思う。モニカは一人だと不安だから、愚痴を言って八つ当たりする従順な部下がほしいだけ」

「お姉様にしては、辛辣ね」

妹の皮肉を無視して、宮部みどりのプロフィールに目を通した。

芝野の紹介だと言ったら、宮部は快く面談を了承してくれた。宮部の自宅かあるいは彼女の都合の良い場所まで出向くと申し出たのだが、「どうせなら、久しぶりにミカドホテルを拝見したいので、私が参ります」と返された。

宮部は中堅スーパー恵比寿屋本舗の社長を務めた後、単身渡米して、事業再生家としての知識を徹底的に身につけた。中堅ドラッグストア、シリコンバレーのベンチャー企業の再生に関わった後、大手シティホテルのCROを務めていたところで、母の介護を理由に帰国していた。

恵比寿屋本舗の再生は、日本有数の成功モデルとして一目置かれ、同社は今や関東圏屈指のスーパーマーケットに成長している。再生を軌道に乗せたのは芝野だったが、同社に競争力を持たせ成長させた宮部の手腕は、高く評価された。

それ以上に宮部の経歴で目を引いたのは、帰国直前まで関わっていたシティホテルの再生だった。全米四三ヵ所に展開していた有数のホテルグループでありながら、放漫経営が原因で危機に陥った段階で、宮部はＣＲＯに就任した。リストラを進める一方で、家族向けホテルに特化したサービスを盛り込んだ新機軸を打ち立て軌道に乗せた。再構築完了の前に帰国したらしいが、日本以上に競争が激しい米国でホテルの再生に携わった経験値は大きいと判断した。

「サムライ・キャピタルを信用していいの？」

珠香の問いかけで、貴子は顔を上げた。

「まるごと信用しているわけではないわ。最終的には、弁護士さんに相談するけれど、今は藁にも縋りたいところでしょ」

「古傷をえぐるようだけれど、連中は、私たちに酷い仕打ちをしたのよ」

言われなくても分かっている。

「そのあたりについては、〝ミカドファンド〟を立ち上げる段階で、細部を詰める必要はある。目論見書は、アイアン・オックスの加地さんにも見てもらうつもり」

いずれにしても、選択の余地がない。救いの手を差し伸べてくれるのであれば、悪魔とだって握手するつもりだった。

「彼らが一〇〇億円支援してくれるとして、残りをどうするの？　ミカドの買収価格が三〇〇億円というのは高すぎると思うけれど、一〇〇億円では足りないでしょ」

「それは、芝野さんにアドバイスしてもらった。まず、〝ミカドファンド〟をしっかり立ち上げなさいと言われたわ。それが呼び水になって、支援を申し出てくれるところが出てくるだろうって」

「虫が良すぎない？　お姉様はずっと白馬の騎士を待ち続けているけれど、誰もやってこないのが現実よ」

珠香は相変わらず辛辣だった。姉が前のめりになりすぎているのを危惧しているのだろう。

「ウチが国の重文に指定されると、県や市から支援を受けられるでしょう。あとは、まだ検討中よ。でも……」

何とかなると言いかけて、言葉を飲み込んだ。そんな当てのない楽観主義を続けて、このホテルを追い詰めてきたのだ。

「それにしても、一体どうやってビーナスグループからミカドを取り戻すつもり？」

「実は、フィリップの顧問弁護士が遺言を預かっているのよ」

貴子は、フィリップ・ビーナスの個人契約の顧問弁護士、ジョルジュ・アノー氏から聞いた話を打ち明けた。遺言では、フィリップは生前、三つのミカドホテルについては、貴子がリゾルテ・ドゥ・ビーナスの社員として一年間を勤め上げたら、無償譲渡するとあるというのだ。

「何なの、その話は？　何のおとぎ話よ」

「本当よ。遺言書の写しを持っている」

「だって、ミカドホテルは、ビーナスグループが所有しているんでしょ。フィリップおじさんの遺志だけで動かせるものじゃないでしょ」

「私をビーナスの執行役員に指名した時に、個人の資産にしたのだそうよ。今は、彼の遺産管理をしている信託銀行が預かっている状態なの」

珠香は大げさに天を仰いだ。

「お姉様、確か次の株主総会で、取締役に任命されるって言ってたわよね。あれこれ思い悩む必要はない訳じゃないの。一年なんてあっと言う間よ。再生の下準備をするのにちょうどいい時間」

「でも、この先ビーナスが会社として存続するかどうかが、危うくなっている。今月予定されていた臨株も中止されてしまったし」

「そういう場合、遺言書に何か規定されていないの？」

貴子は首を振った。遺言書の写しは持っているが、不測の事態についてはもう一度アノー氏に確認する必要があった。

「ほんと、お姉様って、とことんついてないわね。でも、ビーナスがつぶれたら、買いやすくなるわね。それも悪くないかも。にしても買い取るという厄介な作業を、一体誰がしてくれるの？」

「笑われるかもしれないけれど、自分で何とかしたいと思っている」

「何とかって、お姉様がハゲタカばりのM＆Aをやるっていうの」

非常識にもほどがあるとは自覚している。だが、貴子はかなり本気だった。買収相手は、フィリップの遺産を管理している信託銀行になるだろうから、そこと交渉をすればいい。そのうえ、彼女はミカドホテルの正当なる遺産相続人だ。

「それにしても、前の社長がミカドホテルを解体して立て直すというプランは何だったの。そんな権限をビーナスグループは持ってないんじゃないの」

「信託銀行が持っているのは土地と建物だけで、経営はビーナスグループに委託しているそうなの。ただ、私が相続する場合は、その経営権も譲渡されると聞いている」

「相変わらずややっこしいわね。いずれにしても、一刻も早くパリに戻って騒動を収めてよ。いろいろ考えると、それが一番の早道の気がするから」

その前に、やれるだけのことを仕込んでおきたかった。

そこで内線電話が鳴った。電話に出た珠香が、「椿の間にお通しして」と返したのを聞いて立ち上がった。待ち人登場だ。

5

貴子が声をかけると、宮部みどりは親しみを込めた笑みと共に手を伸ばしてきた。

「こんにちは、宮部です」

プロフィールでは四〇代のはずだったが、潑剌《はつらつ》とした立ち居振るまいで実年齢よりも若く見えた。

「初めまして、松平貴子です」

柔らかだったが力強い握手は、宮部のエネルギッシュなイメージそのものだった。

「急なお呼び出しにもかかわらず、わざわざお越しくださりありがとうございます」

「お気遣いなく。自宅は今市なんです。実はつい最近引っ越したんです。母が亡くなって実家にいる必要もなくなったので」

貴子は交換した名刺を見直してしまった。確かに住所は、日光市今市になっている。

「すみません、そんな大変な時に」

「もう四十九日も済みましたから、大変じゃないんですよ。天涯孤独になってみて、どこに住もうかとあれこれ考えている内に、恵比寿屋でお世話になった方から、古い民家を譲ってくださるお話があって」

これは縁なのだろうか。

「割烹三治でもお料理をいただいたことがあります。いいお店ですよね」

宮部は珠香の夫が主を務める割烹の名を口にした。

「まあ、ごひいきありがとうございます」

珠香が恐縮すると、宮部は「素敵なお店が近所にあると、田舎暮らしが楽しくなります」とにこやかに返した。

僅か数分で、相手にペースを摑まれてしまったと思いながら、貴子は本題を切り出した。

「日光及び中禅寺湖のミカドホテルは、あるファンドの支援を受けてリゾルテ・ドゥ・ビーナスから独立する準備を進めています。そして、CROを招いての経営の再構築を、ファンドは求めています。そこで宮部さんにCROをお願いしたいと考えています」

「私はこちらのような老舗ホテルの再生に携わった経験がありません」

「でも、シャイニンスターホテルの再生で成果を上げられたではないですか」

「こちらとは別物ですよ。再生する方法だって根本から異なります」

確かにホテルとして目指すテーマは違う。だが、貴子たちが期待しているのは、宮部のマネジメント手腕だった。

「生意気を申し上げますが、私どもが宮部さんに期待しているのは、ターンアラウンド・マネージャーとしての経営手腕です。クラシックホテルとしての伝統やサービスについては、引き続き私どもがしっかり管理したいと思います。しかし、ホテル業のマネジメント能力に問題があります。おっしゃるとおり、ミカドホテルでは、効率重視のビジネスはできません。だからこそ、より高度な経営手腕を欲しているのです」

宮部は再び考え込んでいたが、やがて苦笑いを浮かべた。

「そんな高度な経営手腕を私に期待されているのですか」

「期待ではなく、ぜひお願いしたいと考えています」

宮部は俯いてしまった。どうやら笑っているようだ。

「失礼ですが、松平さん。ちょっと無防備過ぎませんか」

「え？」

宮部にいきなり言われて、貴子は面食らった。

「ごめんなさいね、失礼な言い方で。でも、お上品な言い回しをすると、本意が伝わらないので。日本有数の高級ホテルのマネジメントを、どこの馬の骨か分からないくたびれたおばさんに任せるのに、そんな低姿勢でいいのかしら。私があなたなら、その気があるなら働かせてやるよ、だから、提案書を書いてきな、以上って言いますよ」

私だってそうしたい。でもそんな余裕もないほど追い詰められているのだ。

「一度でもビジネスをご一緒した経験があるならともかく、噂や経歴書程度で何を読み取るんですか。それに、今のようなお話では、何を期待されているのかも分かりません。そもそも、このホテルを立て直したいとおっしゃいますけれど、どんな風に立て直したいと思ってらっしゃるかのビジョンも感じ取れません」

反論の余地がなかった。私は今、素人が慣れないビジネスをして困り果て、藁をもつかみたいと白状しているのだ。

「じゃあ、提案してみてください。必要な情報は私からお出しします」

珠香が割って入った。宮部は眉を上げて視線を妹に移した。

「分かりました。でも、その前に一つ条件があります。リゾルテ・ドゥ・ビーナスからどのようにミカドホテルを取り戻そうとされているのか、そのプランを聞かせてもらえませんか。いくら再生計画やその後のプランニングをしても、ホテルを取り戻せなければ画餅《がべい》で終わりますから」

6

二〇〇七年四月五日　香港

美麗が、香港チェクラップコク国際空港の出国検査を終えたところで、二人の男が両脇を固めた。彼らの身のこなしで、その素性は分かった。中国国家安全部のエージェントに違いない。

「抵抗せず、我々の誘導に従って戴けますか、同志」

耳元で男が囁いた。反対側の男は彼女の肘に軽く手を触れている。古めかしい言い回しに、美麗は噴き出しそうになった。

「人違いでは。私はただのツーリストです。これからパリに向かうんです」

「いや、翁藍香同志、人違いではありません。どうか、穏便に願います」

来るべきときが来たか……。

そもそも彼らは、敵ではない。父陽明は、国家安全部の対日諜報の秘密工作責任者《スパイマスター》という要職にあった。美麗は、陽明直属の特務班のナンバー2だった。それを、いきなり香港の空港から連行しようというのだ。ろくな用件ではないのは、簡単に想像できた。

ヨーロッパ方面の航空便が集まっているコンコースから外れると、関係者以外立入禁止と書かれた鉄扉の外に美麗は連れ出された。人気のない薄暗い廊下を連行されながら、逃亡するなら今がチャンスではあるが、賢明な選択だとは到底思えなかった。何らかの容疑がかけられているなら、もっと手荒に扱われる。威嚇はされても、最低限の礼を尽くしているところを見ると、ここは大人しく従うほうがいいだろう。

空港ビルを出た途端、美麗は空港警備のライトバンに押し込まれた。

「どこに向かっているのか教えて下さるかしら」

「いずれ分かります」

男がそれだけ返して口をつぐんだ。空港のはずれを目指して走っていたライトバンが、ヘリコプターが数機並ぶエリアで止まった。降車を指示されたのと、駐機していたヘリコプターのうちの一機がローターを回し始めたのが、ほぼ同時だった。

ヘリで移送されるなら、行き先は北京や上海ではない。それは喜ぶべきか、あるいは最悪の展開なのか……。

海上を二〇分ほど低空飛行するうちに、前方に派手なネオンサインで埋め尽くされた街が見えてきた。マカオ。

「私の荷物は、ちゃんとピックアップしてくれたんでしょうね」

沈黙しているのが息苦しくなって、美麗は横柄に言った。だが、誰も返答するどころか視線すら向けてこなかった。彼らは単なるメッセンジャーに過ぎない。必要最小限の応答以外は禁じられているのだろう。

美麗は腹をくくった。

パリでニコライを死に追いやった件がバレたのだろうか。あれが自分たちのしわざだと発覚したとしたら、二度と自由になれないぐらいのことは覚悟した方がいい。

彼女が所属する特務班の活動は大半が非合法なので、血なまぐさい指令も多数ある。それでも外国人相手に工作する場合は、党中央のしかるべき幹部の許可が必要だった。そんな中で、独断専行をものともしない陽明は、上層部に無断で工作を展開することが常態化していた。それでも、戦争の英雄である陽明の威光と国家のためという大義名分が存在すれば、黙認される。しかし、ニコライの一件は美麗の独断で陽明とは無関係だ。発覚すれば厳罰はまぬがれない。

あるいは、リゾルテ・ドゥ・ビーナス買収を知った強欲な党幹部が、賄賂を欲しているのかも知れない……。

美麗のうなじにじわじわと汗が滲んできた。

マカオ埠頭上空に達してもヘリコプターは下降する気配を見せなかった。もっと北部の山麓を目指しているようだ。一体どこに連れて行くのかと、美麗は必死でマカオの地図を頭の中でなぞって考えを巡らせた。

前方に見える森の間に、広大な邸宅が建っている。マカオ郊外に共産党中央の幹部たちの別荘地があったのを思い出した。そこが目的地なら、訊問の場所としては相応しくない。

ヘリポートに着陸すると、再び車に押し込まれた。しばらく山中を走っていると、煉瓦造りの瀟洒なロッジが見えてきた。車は正面の車寄せで停まった。

「お疲れさまでした」

一対一で格闘したら瞬殺されそうな体格の男が出迎え、丁重な扱いで邸宅内へと導いた。

「誰にお会いするのかしら」

返事は期待していなかったが、しゃべらずにはいられなかった。皆、無言だ。そして、廊下の突き当たりにある重厚な扉の向こうで、男が一人待っていた。

パリやウィーンにあってもおかしくないような豪華な空間がまったく似合わない男が、革張りの大きなアームチェアにふんぞり返っている。

「やあ、翁藍香。ようこそ」

微笑んでいるのは、国家安全部の部長、鎮烈《チエン・リエ》だった。予想外の相手だった。

「部長……」と声を振り絞るのが精一杯で、美麗は彼の足下に跪いた。

「おやおや、そんな朝廷時代のような真似をしてはいけませんよ、藍香。君は相変わらず美しい」

口とは裏腹に、鎮は手の甲を美麗の鼻先に突き出して、恭順の態度を強要した。美麗は躊躇なく、そこに口づけした。かつて〝中国のベリヤ〟と呼ばれた粛清者康生《カン・ション》に匹敵する冷酷無比の鎮は、鎮王国と呼ばれるほどの絶対的権力を誇っていた。国家資本主義を突き進み、中国でも今や自由主義の風が吹いていると、一部の西欧諸国では勘違いしている。だが、今なお中国は圧倒的な独裁国家であり、国家に従わぬ者に対する制裁には、容赦がなかった。ただ、昔に比べて弾圧を隠すのがうまくなっただけだ。その頂点にいる人物が鎮烈だった。彼は国家主席の側近として、主席の前に立ちはだかるライバルと、自らの栄達を妨げる者を徹底的に排除し、神聖にして不可侵と言われる現在の地位を誇っている。こうした人物にありがちな権威主義者で、部下に絶対的服従を強いている。

「お褒めに与り恐縮です。それにしても、マカオにこんな素晴らしい館があったとは」

「そうかね。ややブルジョア色が強い気がするが」

「大変趣味の良いお住まいだと思います。まさに鎮部長に相応しいお屋敷かと」

「君のようなセンスの良い淑女に褒められると、私も鼻が高い。まあ、かけたまえ」

彼は無造作に隣の椅子を示した。重要な話をするとき、鎮は必ず相手を手の届きそうな隣席に座らせる。人の感情は横顔に表れるというのが、持論の男だった。

ここで対応を間違えれば、生きて帰れないかもしれない。

「相変わらずご活躍だね。パリでは、世界有数のリゾートグループを手中にしたとか」

リゾルテ・ドゥ・ビーナスの話題が出て、美麗はさらに警戒した。

「手際の悪さでごたごたが続いておりますが、今回のパリ行きで片を付けるつもりです」

「頼もしいな。御尊父も鼻が高いだろう」

「父はああいう性格です。一毛の失敗も許してくれませんわ」

いきなり手が伸びてきて、美麗は手を握りしめられた。一〇〇万人以上を惨殺し、そのうちの何百人かは彼自身の手で殺したと言われている。その血塗られた手は、柔らかく温かかった。

「あの人にも困ったものだ。君のような柔軟性がない」

「何しろ頑固一徹ですから」

「彼は今でも日帝と戦争をしているつもりなのだろう。そして、我が国が豊かになるのが、嬉しくないようだ」

ニコライの変死を咎められるのかと身を固くしたのだが、矛先が父への批判に移って美麗は戸惑った。

「忙しい君を呼んだのは他でもない。お願い事があるんだよ」

「何なりと。一命を賭しても、部長のご期待に添えるように努めます」

握られていた手に力が込められた。思わず手を引きかけたのだが、鎮の力には抗えなかった。

「さすが、藍香だ。要件を言う前に即答してくれる。嬉しいな。私もそれで随分気が楽になった。実は、君の手でお父上を排除して欲しいんだ」

7　ロシア上空

「失礼ですが、松平貴子さんですよね」

エールフランスパリ直行便のビジネスクラスシートで仕事に没頭していた貴子に、誰かが声を掛けてきた。貴子が顔を上げると、同年代らしきスーツ姿の日本人男性が立っている。

「そうですが」

警戒心が募ったのを見越したように、男は名刺を差し出した。

「こんな場所で不躾にすみません。実はどうしてもお話ししたいことがありまして」

名刺には、「外務省アジア大洋州局地域政策課係長　西川大輔《にしかわだいすけ》」とある。

「お隣に座ってもよろしいでしょうか」

貴子の隣は空いているが、機内でこんなふうに声をかけられるのは初めてだ。戸惑いながらも頷いた。

「どうしてもパリに到着される前にお話ししたくて」

「外務省の方が、どういうご用件ですか」

西川は用心深そうに周囲を警戒しながら、声を潜めて答えた。

「リゾルテ・ドゥ・ビーナスの社内紛争を巡って、中国政府から協力を求められました」

話が全然見えない。

「なぜ、民間企業の経営問題に、政府が介入するんです」

「将陽明という人物をご存知ですよね」

嫌な予感が走った。貴子が黙って相手を見ているのを肯定と捉えたのか、西川は続けた。

「多額の政府資金を横領して自身の投資に流用した容疑で、中国政府は近く将氏を指名手配するそうです。ただ、彼は厄介な立場にある方で、中国政府としても事を公にしたくない」

何かの悪い冗談なのかと思った。だが、外務省官僚は至って真面目に畏まっている。

「驚かれるのは当然です。でも、将氏がどういう方かはご存知でしょう?」

「香港の大富豪だとしか」

「中国の大物スパイという話は」

「存じません」

露骨に疑うような視線をぶつけてきた。

「では、彼はそういう方だとご理解下さい。リゾルテ・ドゥ・ビーナスを舞台に、将氏が大がかりな不正行為を働く可能性があります」

この男は、既に将がビーナスグループに関わっているのを知らないのだろうか。それともこれから新たに何か厄介事でも起きるのだろうか。

「松平さんには、将氏逮捕にご協力戴きたいんです」

貴子は思わず息を呑んでしまった。

「こんな場所で、何をおっしゃるんですか」

「上からの指示なので、実のところ詳細は私にも分かりません。ただ、次の臨時株主総会の席上で、将氏が仕掛けると予想される不正行為阻止のために、社内からの支援が必要なのです。そこであなたのご協力を求める次第です」

本当にこの男は、外務省の職員なのだろうか。

「西川さん、申し訳ないのですが、あなたが信用できません。本当に外務省にお勤めなんでしょうか」

西川はスーツの内ポケットから身分証明書を提示した。さらに緑色の表紙の公用旅券《OFFICIAL PASSPORT》も提示した。

「お疑いになるのは、ごもっともです。パリであらためて詳細をご説明します。中国およびフランス政府代表も同席します。空港から私と一緒に、しかるべき所までご同行願えないでしょうか」

貴子はまだ、パスポートと身分証明書を睨んでいた。それらが偽造かどうかを判断する術は、貴子にはない。

「お時間は取らせません。ぜひご協力ください」

これが本物の外務省職員ならば、断るという選択は許されないだろう。貴子は頷くしかなかった。

8　マカオ

「なんだ、震えてるのかね」

鎮に笑われて、美麗は拳を握りしめた。

「ご冗談を。それよりも、なぜ将陽明を排除されるのか、その理由を伺ってもよろしいですか」

鎮が指を鳴らすと、部屋の隅から男が進み出た。その気配すら、美麗には感じ取れなかった。男は、子供のように背が低く痩せていた。鎮の腹心の部下であり、冷酷さでは主を凌ぐと噂される張鋭心《チャン・ウエイシン》に違いなかった。彼は黙ってファイルを差し出すと、再び音もなくどこかに消えた。

「辛いだろうが、君の御尊父の悪行三昧が全て記されている」

分厚いファイルの最初のページには、太字で「国家的反逆者将陽明の罪状」と書かれてあった。

容疑は、戦中の対日工作時代にまで遡っていた。軍部への情報提供によって、陽明が私腹を肥やしていたと糾弾され、さらには、満州に展開していた日本の軍属と共に、アヘン売買に手を染めていたなどという犯罪歴が、判別不能の証拠写真と共に並んでいる。中国政府が要人を失脚に追い込む時の常套手段だ。過去という過去を漁り、少しでも疑惑のある事件の、全ての罪をなすりつける。

どうやら、既に父は党中央から死刑宣告を受けているようだ。だが、なぜだ。父は政治局員から国務院幹部まで、多くの要人の弱みを握っている。また、父から多額の賄賂をもらっている者も、一人や二人ではない。そもそも鎮が国家安全部の部長に納まっていられるのも、父の後ろ盾があってこそだ。

不意にある顔が浮かんで、美麗は最後の方のページを開いた。やはりあった。米国人アラン・ウォード殺害事件。父が主犯だとされている。美麗は、その裏付け証言をした人物の名を見て目を剥いた。賀《ホー》一華——。

「それを伝えるのを忘れていた。この男は君の甥になるのかな。彼は今、北京郊外のとある場所で双規の最中だよ」

双規とは、軟禁して自己批判させる訊問法だった。だが、そんな生やさしい訊問では一華は口を割らない。

「一華は生きているんですか」

「元気に己の罪を総括しているよ」

ニューヨークからの連絡が途絶えていたのが気にはなっていたが、よりによって双規とは。

残りのファイルにも目を通した。ページをめくると松平貴子と父のツーショットが視界に入った。その写真の脇には「売国行為」と添え書きがある。

「その女性は、君も知っているね。かつて御尊父をたぶらかし、日帝の犬に貶めた妖女の孫娘だ。この女のために、貴重な国家の資産を横流しして、ホテルを買い戻してやろうとしているそうじゃないか」

これも一華がしゃべったのか。美麗は次々とページをめくった。ニコライの自殺死体と彼の愛人の少年の水死体の写真が、目に飛び込んできた。ニコライは解放された直後にピストル自殺している。生々しい現場写真も揃っている。

「この事件についてはまぁいいだろう。君にも何か考えがあったんだろうからね」

軽く手の甲を叩かれた。全てを知った上で見逃してやると言いたいのだろう。美麗は反応しないように努めて、最後の一ページを開いた。

「どうして、こんな写真が」

ピエール・ビーナスに頬ずりしている美麗の写真だった。

「大いなる驚きだったよ。君もこんな優しい表情をすることがあるんだね」

一体、こんな写真をいつ、誰が撮ったのだ。

「この写真に、何か意味があるのでしょうか」

「意味のないものをファイルに収めたりすると思うかね」

「失礼しました。でも、私にはこの写真の意味が分かりかねます」

「言う必要もなかろう。この世の中には失いたくない者が常に存在する。そういう意味だよ、藍香」

　つまり、彼女が父を亡き者にしなければ、ピエールが殺されるという意味だ。

「〝飯島メモ〟を、お父上から奪って来い」

　惚けようと顔を上げたが、鎮が人差し指を立てて制した。

「お惚けは聞きたくない。君はそれが何かを十分知っているはずだ。ありかは知らないかも知れない。ならば、知っている人間から聞けばいい」

　今のところ拒否できるような可能性はない……。

「本当に残念だよ。私にとって御尊父は、実の父以上の存在だったが、中央の決定には従わなければならない」

　父が排除される理由が分からなかった。鎮にとって父が煙たい存在だったのは、間違いない。特に鎮の拝金主義は目に余り、貴族的な趣味や嗜好に、父は何度も苦言を呈してもいた。しかし、所詮は老兵の繰り言だと無視すればいい。既に鎮は、それだけの地位を確立しているのだから。

「何か尋ねたいことがあるなら、遠慮はいらないよ」

　鎮は再び張を呼びつけて、スコッチを用意するよう指示した。

「父に、釈明の機会は与えられないのですか」

「君はこの売国奴を庇《かば》い立てするのかね」

「そうは言いませんが、せめて革命の英雄としての尊厳を、与えて戴ければと思うのですが」

「なるほど、冷酷無比な君ですら、御尊父をいたわる心があるんだね」

いや、父が突然排除される理由を知りたいだけだ。いくら傲慢な鎮であっても、独断で父を手にかける決定を下すとは思えない。もっと上層部からの承認は得ているだろう。ただ、党中央の総意かどうかは、美麗の感触からするとそれはあり得ないことだった。それほどの事態ならば、必ず父の耳に届くからだ。

「いたわるというより、蟠りを残したくないだけです」

「なるほど、さすが藍香だ。では、もう少し事情を話そう。彼には釈明の機会は与えられた。だが、自身で拒否したのだ」

張はスコッチが注がれたグラスを鎮の右手に慎重に手渡した。美麗の分はテーブルの上に無造作に置かれた。

「三ヵ月前から、中南海《チョンナンハイ》への出頭命令が将陽明に出ていた。だが、それを無視し続けた。その結果、釈明の機会が失われてしまったんだ」

「出頭命令の趣旨を、父は理解していたのでしょうか」

「藍香、言葉を慎み給え。中南海への呼び出しに理由など必要ない。党員であれば、即刻出頭だ。それを黙殺したのだから、それだけで叛逆に値する」

これ以上父を庇うと、こちらにまで火の粉が降りかかりそうだ。

「おっしゃるとおりです。愚問でした」

「では、私のお願いを理解してもらえたかな」

「期限は？」

スコッチを舐めてから、鎮は答えた。

「一週間あれば、十分だろう」

「三週間は、戴きたいです」

「そんなには待てないよ。一〇日だ」

美麗は受け入れざるを得なかった。

「方法については、お任せ戴けるのですか」

「具体的には任せるが、注文はある」

どうせとんでもない無理難題を言ってくるのだろう。

「まず、殺害するのは日本国内だ。そしてあくまでも自然死に見せながら、将に最大の屈辱を与える——以上だ」

「なぜ、日本なんですか。あの国では目立ちます」

「藍香、君に不可能はない。いいかね、絶対に日帝で殺れ」

鎮が興奮したので、グラスの中の酒が零れた。鎮が小さな悲鳴を上げると、すかさず張が濡れた箇所をハンカチで拭った。

「どんな恥辱をお望みですか」

「こんな死に方だけはしたくない。そんな風に嘆かせて殺せ」

そこで話は終わりだと言いたげに、鎮はグラスを掲げ、美麗に乾杯を求めた。美麗は渋々グラスを手にした。

「成功を祈る、藍香。このミッションを達成すれば、君の将来は、この鎮烈が保証すると請け合うよ」

世界で一番信用のならない男にそう言われても、嬉しくも何ともなかった。

私がこの手で、将陽明を殺す——。果たしてそんなことが出来るのだろうか。

アランを死に追いやった父に復讐したいとは思っているが、殺すつもりはなかった。なぜなら、死ねば全てが終わってしまうからだ。できるかぎり生き長らえさせて、その間中、己の行いを悔やませたかったのに。そのために財産も地位も名誉も奪い、破滅させるつもりだった。いや、寝たきり状態にする選択肢もあると思っていた。それなのに国家の命令として、父を殺さなければならないなんて。

父が国家を裏切ったから。いや、そうではない。父が権力争いに敗れたからだろう。ならば、淘汰されればいいと思うが、それは美麗の復讐とは別次元の話だ。

では、鎮を敵に回して、命令に背くだけの気構えがあるかと自問自答すれば、否としか言えなかった。

自分や一華の命はともかく、何の関係もないピエールや松平貴子までも巻き込むのは耐えられない。一人は、アランを失ってから初めて人間らしい感情を抱いた相手であり、もう一人はアランとの記憶に連なる恩人だ。

「ひとまず私は、事態の収拾のためにパリに赴かなければなりません。それはお許し戴けますか」

「許すも何も、全て君の好きにすればいい。だからといって期限は変わらないよ」

「もちろんです」

「一つだけ警告しておこう。くれぐれもつまらない浅知恵など働かせないように。パリで少年を逃がそうとしたり、今、パリに向かっている日帝の女に、警告したりなどしないことだ」

すべてお見通しか。

「ちなみに、日帝の女は、既に移動中の機内で我々の監視下に置かれたよ。二四時間、監視を一人張り付かせている。無論、彼女や君が抵抗しない限り、安全は保証する」

ここで鎮を殺せば、生き残れるだろうか。そう思った瞬間、いつのまにか背後に張の姿があった。

「暫く、張が君を陰ながら見守るからね」

鎮に因果を含められながら、美麗は少しでも自身に利になることはないかを必死で考えた。

「部長、一つ、お願いがあります」

張にこづかれたが、気にせず待った。

「甥を私の元によこしてもらえませんか。作戦完遂のためには、彼の協力が必要です」

鎮の表情の変化を一ミリたりとも見逃すまい。美麗は強い目で見つめ続けた。

「なんだ、そんなことか。分かった、手配しよう」

「いつ?」

「数日後には」

「ご配慮を感謝します」

鎮の反応を見て、美麗は得心するものがあった。

9

玄関で黒塗りのSUVが待っていた。張が一緒に乗り込んできて、美麗を奥へと押し込んだ。

「あなたの席はないわよ。張鋭心」

「部長がおっしゃったはずだ。おまえを見張ると」

露骨に舌打ちをしてやった。

「あなた中国語が分からないの？　部長は、『陰ながら私を見守る』とおっしゃったのよ。ぴったり張り付くのとは意味が違う。あなたがやっていることは命令違反よ」

隣の男が一瞬だけ隙を見せたのを見逃さなかった。美麗は渾身の力で、彼を突き飛ばしてドアを閉めた。

「車を出して」

運転手が戸惑っているので、シートを思いっきり蹴飛ばした。

「聞こえないの。上官の命令は絶対よ！」

彼女の剣幕に押されて車が発車した。車寄せの石畳に転がった張が睨んでいるのを視界の隅でとらえて、美麗は薄笑いを浮かべた。この数時間、ずっと張り詰めていた緊張が少しだけほぐれた。

あの男を敵に回すべきではない。理屈が分かる人間ではなく、凶暴だけが売り物の野獣なのだから。だが、ああでもしなければ、あいつはいつまでも張り付いているだろう。冗談じゃない。

「どこに行くつもりなの」

「空港へ向かうように言われています」

「マカオからは、パリ行きなんて飛んでないわ。ヘリポートに行ってちょうだい」

運転手が航空券を差し出した。

「部長から預かっています」

二時間後に出発する関西空港行きのエアチケットだった。日本か……。与えられた日数は一〇日。父を暗殺するのか、それともこの命令を撤回させるよう工作するか。いずれにしても一分一秒が惜しい。ここで悶着を起こして時間を無駄にするよりは、ひとまず言われた通りに日本へ行こう。

「仕方ないわね。おまかせするわ」

シートに体を預けて目を閉じた。さて、どうする。

最良の方法は、父に連絡を取って相談することだ。ただし、この選択は、鎮の想定内だろうから、連絡を取った瞬間、自分は消されると思った方がいい。だが、万に一つの可能性として、何とか安全に連絡が取れたなら、父はどう動くのだろうか。

まず党中央の支持者に身の安全を保証させてから、父は裏切り者を捜すだろう。そして、鎮排除に動く。

成功確率は、せいぜい二割、圧倒的に鎮が有利だ。相手は中国諜報機関の最高責任者なのだ。その気になれば、手段を選ばず父や美麗を抹殺できる。一方、父ができるのは、政治的な根回しで鎮を失脚させるぐらいだ。いや、自分や一華に鎮を暗殺するように命ずるかもしれない。そうなれば、美麗が生き残る確率はさらに下がる。

本当に将陽明が殺せるの？　……大丈夫、きっと。

だとしたら、鎮の命令になぜ動揺したのだろう。

復讐を邪魔されるのが嫌だったから。それに、あんな男に命じられるのが癪だったから。

本当にそれだけか。

暗殺命令が下された瞬間、感情的な痛みを感じた。瞬く程度の時間だったが、父への情けが湧いた。そんなバカな……。

そこで、別の懸念が浮かんだ。彼女が指令を全うしたとして、鎮は美麗を生かしておくだろうか。それはあり得ない。張に拘束されて、父親殺しの極悪人として裁きの場に出されるか、その場で殺されるのが関の山だ。

だったら、鎮の排除が最優先だ。彼が現在の地位にいる限り、既に美麗の命運は決まったも同然なのだ。

鎮を消さねば。さもなくば生き残れない。

10

パリ

シャルル・ド・ゴール空港で、貴子はいきなり車に押し込まれた。

「ようこそ、パリへ。パリ警視庁のベル警視と言います。国際的な経済事件を担当しています」

車内で待っていた恰幅の良い中年男が会釈した。なぜ、パリ警視庁の警視が出てくるのだ。

「西川さん、これはどういうことですか」

西川が答える前に、ベル警視が言った。

「恐れ入りますが、携帯電話をお預けください」

貴子は西川を見つめたまま答えなかった。

「松平さん、彼がフランス側の責任者です。彼の指示に従ってください」

携帯電話は飛行機を降りてから起動していない。連絡事項を確認すべきか迷ったが、素直に手渡した。

「暫く、預からせて戴きます」

「それは、困ります。社に連絡を入れなければなりません」

貴子は腕を伸ばして取り戻そうとしたが、それよりもわずかに早くベル警視のスーツのポケットに消えた。

「あなたにそんな権利は、ないはずです」

「申し訳ないマドモワゼル、ご協力ください。あなたを信用しないわけではないのですが、被疑者に連絡されては困りますので。それにリゾルテ・ドゥ・ビーナスへは、既に連絡済みです」

そんなに手回しがいいとは思えなかった。

「弊社の誰にご連絡戴いたのでしょうか」

「モニカ・バーンスタイン氏の秘書に」

「秘書って誰ですか」

「松平さん、その辺にしておいてください。フランス政府は百パーセントはあなたを信用してないようです」

やりとりを聞いていた西川が、日本語で宥めた。

「つまり、私も疑われていると」

思わず気色ばんだ貴子に西川はアタッシェケースから写真を取り出して見せた。いずれも、貴子と将が一緒の瞬間を捉えていた。隠し撮りだ。

「お二人は大変親しかったという情報を、パリ警視庁は摑んでいます。当初は、あなたの身柄を拘束して取り調べるとまで言ってたんですよ。それを何とか、私たちと中国国家安全部が止めたんです」

日本語は分からないはずだが、ベルは西川に同意するように眉間に皺を寄せて頷いている。

貴子の戸惑いなど気にもせずに、車は疾走した。

「断固たる抗議をしてください。私は疑われるようなことを何もしていません」

「すみません、言葉の綾です。松平さんのお怒りはごもっともですが、ご承知のようにフランス人は疑り深い。そのうえ自国でアジア人が陰謀めいた犯罪を計画しているなどと知って、プライドを傷つけられているんです。なので、穏便に」

穏便が聞いて呆れた。だが、抵抗したところで得るものはないと諦めた。

車は、郊外を目指しているようだった。やがて、果樹園の中に建つ煉瓦造りの屋敷の前で停まった。

「すみません、ここで降りて戴けますか」

西川に促され、素直に従った。鬱蒼とした庭を見る限り、廃屋のようだ。薄暗い室内に入ると、かび臭い匂いが鼻をついた。

「こちらです」

立ち尽くす貴子を西川は促し、広間に誘った。古めかしい広間に、三人のアジア人と一人の白人が待っていた。その中に顔見知りを見つけて、貴子は驚いた。確か、賀一華と言った。将陽明の孫ではなかったか。

「驚かせてしまって申し訳ありません」

たどたどしい日本語のあとに、一華が微笑んだ。

「賀さんは、中国国家安全部の方です」

西川に説明されて、貴子は驚くしかなかった。

「将さんのお孫さんではないのですか」

「ええ、将は実の祖父です。それだけに胸が痛みますが、身内としてけじめをつけなければなりません。ぜひ、松平さんにもご助力戴ければ」

返す言葉が見つからない。仕方なく勧められるままに貴子は古びた椅子に腰を下ろした。

「祖父の犯罪について、どの程度ご存じですか」

彼女の正面に陣取った一華が、前置きなく英語で訊ねてきた。言語が変わると、舌鋒が鋭くなったような気がした。

「犯罪の意味が分かりません」

「失礼しました。祖父は、あなたを利用して、リゾルテ・ドゥ・ビーナスの実権を握ろうとした。それは間違いないでしょ」

こんな異常な場にもかかわらず一華は穏やかに話しかけてくるが、貴子はそのペースに乗るつもりはなかった。

「賀さん、それは誤解です。私は、将さんの命で、リゾルテ・ドゥ・ビーナスの経営陣の末席を汚しているわけではありません。むしろ、常に一線を画していたと言う方が的確です」

「いきなり尋問というのは、失礼が過ぎましたね。とりあえず、松平さんに一息ついてもらいましょう」

貴子には一息も何もなかった。とにかく、何が起きているのかを正確に知りたかった。顔を上げると自分を見つめる一華の視線に気づいた。彼は思わせぶりな表情で立ち上がると、部屋を出た。貴子も席を立った。一華は、廊下で待っていた。

「ちょっと二人で話しませんか」

一華は貴子を屋敷の温室に誘った。温室には洋蘭とおぼしき鉢がいくつも並べられていたが、どれも無残に枯れている。

「さぞ、驚かれたでしょう」

一華はいかにも気遣うように話しかけてくる。

「私には、何が起きているのか理解できません」

「そうでしょうね。正直なところ、僕もこの事態に驚いています」

「どういう意味ですか」

「祖父は濡れ衣を着せられています。ただ、悲しいかな我が国では、実際に罪を犯したかどうかは、さほど問題ではありません。重要なのは、政治的な地位を維持しているかどうかです」

一華がジタンを勧めてきたが、貴子は首を横に振って断った。

「もしかして、将さんは政治的に追い詰められているんですか」

「まさしく」

「香港の富豪が、どうしてそんなことに？」

「そこが厄介なところでね。祖父は、香港を拠点にしていますが、党中央の幹部でもありました。だから、政治的に失脚すれば、同時に全てを失う。それが中国です」

凄まじい勢いで資本主義国家になったように言われるが、中国が共産主義国家であるのは間違いない。貴子には計り知れない事情があるのだろう。

「だとしても、なぜ私が拘束されて、捜査協力を強要されるのでしょうか」

「決定的な証拠を欲しがっているんです。祖父が実権を握っていたヘルベチカグループについては、以前から中国当局はマークしていたようです。そしてリゾルテ・ドゥ・ビーナスの経営に関しても、違法行為を見つけて摘発したい」

違法行為などあるはずがないのに。

「中国国内であれば、強権発動して、関係者を根こそぎ逮捕して、証拠をでっち上げれば、たちまち一件落着です。だが、ここはパリですから、さすがに無茶をするにも限界がある。そこで、仰々しく三国合同の捜査をやらかしているんです」

不本意ながらとでも言いたいのか、一華はせわしなく吸っていたジタンを足下に落として、執拗に靴で押しつぶした。

「それで私に、何をしろと」

「簡単ですよ。リゾルテ・ドゥ・ビーナス内で起きていることを、我々に教えてくださればいいんです」

「それは背信行為にあたります」

「いえ、内部告発者になって戴きたいんです」

物は言い様だった。

「では、社内でヘルベチカグループの不正行為がない限り、何も言われなくていいということですか」

不意に一華の手が触れた。軽く握られただけだが、貴子は思わず手を引いた。

「あまり杓子定規に考えるのをやめませんか。我々が欲している資料や、幹部の動きをお教え戴ければと思っています」

「それは内部告発ではなくスパイ行為でしょう」

「タダでとは言いません。ご協力戴ければ、あなたの大切なホテルを責任を持ってお返しします」

また、人質はミカドホテルか……。

「他に私が求められているのは何ですか」

一華が警戒するように周囲を見た。その視線が止まった先に、西川と中国人とおぼしき人物が話し込む姿があった。彼らに聞こえるのを憚るように、一華が近づいてきた。

「祖父をパリに呼んで戴きたい」

そして、逮捕するのだろうか。

「私が呼んだぐらいで、いらっしゃるとは思えませんが」

「何とか説得してください。それができなければ、あなたはもっと大きな厄介事と関わらざるを得なくなる」

「どういうことですか」

「何度も申し上げている通り、我が国の情報機関は、あなたにも疑惑の目を向けています。その疑いがさらに強くなるだけです」

一体自分のどこに疑わしい所があるというのだ。

「いや、お怒りはごもっとも。でも、あなたは不幸にも祖父と何度も接触してしまった。それだけで十分疑わしいんです」

「そんな。言いがかりも甚だしい」

「残念ながら、祖父が目的もなく、日本人女性と頻繁に会うことなどありえません」

彼らには真実などどうでもいいのかもしれない。要するに将を追い詰められたらそれでいいのだろう。

「私がお断りしたら、どうなるのでしょう」

「それはお勧めしません。自由の身でここから出る可能性がゼロになる」

露骨な脅迫に、貴子は後ずさりした。

「もう逃げられないんです。覚悟を決めてください。でなければ、私はあなたを救えない」

「私を救ってくださる？　そんな風には到底思えないんですが」

「あなたが、まだ自由の身で、私と二人っきりでこうして話せるのは、私が必死であなたを庇ったからです。でも、お願いを聞き届けてくれないならば、もう庇いきれません」

なぜ、こんなことに巻き込まれているのか。恐怖にまかせて泣き喚いて、どうにかなるならそうしたかった。でも、この男や中国という国には、なんの効きめもなさそうだ。

「分かりました。やってみます」

「ああ、良かった」

一華が嬉しそうに貴子を抱きしめた。

「ちょっとやめてください！」

「逃げないで。そのままで聞いてください」

彼は耳元で囁いた。

「西川は、中国国家安全部のスパイです。信用してはダメです。ここでの話も全て盗聴されています。だから、もっと従順なふりをしてください。僕だけがあなたの味方です。だから、信じて」

生きて帰るには、一華に従うしかないと観念して、貴子は彼に合わせようと決めた。

「分かりました。ただ、将さんにパリに来ていただける手だてが思いつかないんですが」

「私にアイデアがあります。祖父は必ずやってきます」

一華は、そう言ってウィンクした。

11

出るはずがないと思っていた将は、五度目の呼び出し音が鳴る前に電話口に出た。

「これは、貴子さん。こんばんは。いや、もうパリかな」

「先ほどパリに到着しました」

彼女の隣には、一華がじっと息を詰めて座っている。部屋は二人っきりだが、おそらくこの電話を含めて全て、他の連中にも聞かれていると考えた方がいい。

「ようやく鷲津さんとお話ができました。将さんとお会いするとおっしゃっています」

「本当ですか。貴子さん、何とお礼を申し上げればよいか」

将の嬉しそうな声を聞いて、貴子の胸が痛んだ。

「できれば、パリでお会いしたいとおっしゃっています」

「パリ？　あの方がパリに何のご用なのでしょうか」

「申し訳ありません、それは伺いませんでした。明後日の夜であれば、パリで時間が取れるとだけ」

「明後日の夜とは、また急ですね」

同感だった。だが、そう言うように命じられている以上、何も言えない。

「ご無理でしょうか」

「いや、喜んで馳せ参じます。それで、パリのどちらで？」

「時間と場所については、改めて相談しましょう。ひとまず、将さんがお乗りになる便名を教えてください。私が空港までお迎えに上がりますので」

「承知しました。貴子さん、本当にありがとう」

電話を終えた時には、汗だくになっていた。一華に肩を叩かれると、大きな吐息が漏れた。

「素晴らしい。あなたは最高だ、松平さん」

いや、最低です。胸中で自嘲しながら立ち上がった。別室にいた連中も皆、一様に笑顔で貴子を労《ねぎら》った。

「では、会社までお送りします」

「待って！　私もご一緒しましょう」

西川に連れられて玄関に向かう貴子を一華が追いかけようとした。しかしすぐに中年の中国人に止められた。

「君はここに残ってもらう。松平さん、今後の連絡は、先ほどお渡しした携帯電話を使ってください。それとくどいようですが、我々から逃げようとか、将につまらぬ告げ口をしないことです」

男は英語でそれだけ言うと、薄い笑みを浮かべた。その不気味さに怖気立《おぞけだ》ちながら、貴子は小さく頷いた。

屋外に出て外の空気を吸った途端、泣けてきそうなほど嬉しくなった。春だというのに木枯らしのような風が吹いているが、それにすら安らぎを感じた。肩をすぼめながら車に乗り込むと、すかさず西川とベル警視が続いた。

「無理なお願いをお聞き届け戴き、本当に感謝しています」

車が動き出すなり、西川が一礼した。彼を信用するなと一華に言われなくても、やはりこの男は怪しい。そもそも自国民がこんな脅迫を受けているのに、平然として、助けるそぶりも見せなかった。

「何か困ったことがあれば、なんなりと仰ってください」

この状況全てが「困ったこと」だが、言うだけ無駄だろう。

「お疲れのところ恐縮ですが、少しだけ今後の打ち合わせを」

渋々頷くと、西川は説明を始めた。

「あなたとの連絡係は私が担当します。それと、くれぐれもバカな真似はしないでください」

「バカな真似とは？」

「将さんに警告するとか、社内の証拠を隠滅するとかです。そんなことをされると、私も松平さんを庇えなくなります」

皆、私を庇うと言っている。だが、本当に庇う気のある者など皆無だ。

「あと、もう一つ。パリ警視庁が、二四時間態勢でボディガードをつけてくれるそうです。窮屈かもしれませんが、安全のためです」

「せっかくですが、お気持ちだけ、ありがたく頂戴しておきます」

「あなたに拒否権はありません。受け入れてください」

なるようになる——。そう割り切らなければ、精神を正常に保てそうにもない。

こんな形で己の無力さを痛感するのが嫌で、静かに目を閉じた。

どれくらい経ったかわからないが、ようやく車がリゾルテ・ドゥ・ビーナスの正面玄関で停止した。

「ああ、貴子！」

モニカの秘書が駆け寄ってきた。

「空港に迎えに行った運転手が、あなたがいつまで経っても現れないと言って、大騒ぎしていたのよ。モニカもすっかりパニックになってるわ」

ベル警視は嘘をついたということだ。

「ごめんなさい。空港でトラブルがあって足止めを食っていたんです」

どんな〝トラブル〟なのかも、西川に指示されている。

「いずれにしても、無事で良かった。モニカは誘拐されたかもって騒いで、もう少しで警察に連絡するところだったのよ」

そうしてくれれば、どれほどよかったか。

「ご心配をかけました」

それだけ言って秘書に続いた。

「ホイットマンの代わりの方は、きまったの」

さりげなく貴子は、ヘルベチカグループの動きを訊ねた。

「それが、まだなの。何でも経営会議が紛糾していて、なかなか新しいトップがきまらないそうで」

「それがモニカの焦りの原因なのかしら」

「それだけじゃない。取締役が何人も辞意を表明しているようなの」

具体的に名を訊ねると、以前からモニカの社長就任を好ましく思ってない人たちばかりだった。

「辞められて困る人たちじゃないでしょ」

「でも、従わない人が多ければ、モニカのリーダーとしての資質が問われる。そこを、マスコミにおもしろおかしくつつかれて、頭に来ているみたい。その上、ジャックまで辞めると言い出したの」

ジャック・ビーナスは、フィリップの長男で、新体制では経営戦略担当の専務に就いた。現経営陣の中では、ただ一人のビーナス家の取締役だった。経営には関心を示していないが、モニカは錦の御旗として、彼を欲していた。

「どうして」

「それが分からないの。今、セーシェル諸島にいるみたいなんだけれど、昨日遅くにメールで辞任すると言ってきたみたい」

「またいつもの気まぐれじゃないの」

「私もそう言ってるんだけれど、モニカはすっかりお冠で」

何もかもが、思い通りにいかないからだろう。完璧主義者が陥りやすい泥沼にはまってしまっている。

「とにかく、モニカを安心させてあげて」

そう言って、秘書は貴子を社長室に連れていった。

モニカは電話中で怒りを爆発させていたが、貴子の姿を認めると話を切り上げた。

「ああ、貴子！　よかった。無事だったのね」

今にも泣き出さんばかりの顔で、モニカに抱きしめられた。

彼女の知らないところで、もう一つの大きな危機が迫っている。今、そう告げたら、どんな反応をするのだろうかと思いながら、貴子は孤高の社長を強くハグした。

12　マカオ

搭乗ゲートまで運転手に見送られた美麗は、マカオ航空に乗り込んだ。関西国際空港に向かうその便は、客席が一〇〇ほどある。

この飛行機から脱出する方法を考えたが、鎮の配下が乗り込んでいるのは確実だと判断して、素直に席についてシートベルトを着けた。

行動を起こすのは、関空に着いてからでいい。それまで、しっかりと作戦を練ろう。

「あなたは、中国の方?」

隣席にかけていた上品な老婆が、中国語で話しかけてきた。広東訛りがきつい。

「そうです」

「あら、よかった。京都に留学している孫娘に会いに行くんですけど、日本語がさっぱり分からないの」

美麗としてはおしゃべり好きな同行者は厄介だったが、少しは日本語ができるので、何かお手伝いできることがあれば言ってくれと老婆に告げた。

「あっちに着いたら、孫娘が迎えに来てくれているはずなんだけれど、入国手続きが不安でねえ」

彼女の話を聞きながら、美麗はさりげなく周囲に目を配った。見知った顔はない。監視しているように見える者もいないようだ。もっとも、いかにも怪しいそぶりを見せる監視者などいるわけがない。

「これが孫娘なんですよ」

老婆が写真を差し出してきた。金色の古い建物の前でピースサインをして立つ若い女性は、うらやましいほど潑剌としている。

「かわいらしい方ですね。金閣寺で撮ったんですね」

「そうなの。ここに私を連れて行きたいんだって言うのよ」

写真を返した時だった。出発まぎわに駆け込んできたカップルに視線が行った。

「ハニー、本当にごめんよ。ちゃんとファーストクラスを予約したつもりだったんだけどね」

下腹が出たいかにも成金趣味の中年男が、彼にしなだれかかるミニスカートの若い女に日本語で詫びていた。

王賢《ワン・シエン》――。日本に住む華僑で、父の側近の一人だった。

美麗は隣の老婆に気づかれないように胸の内で安堵した。彼が偶然、乗り合わせているわけがない。ということは、香港の空港で拘束された時から、父は美麗の動きを捕捉していたと考えていい。

父と連絡を取る手間が省けた。あとは、いかに監視の目をかいくぐって、父が置かれた事態を王に伝えるかだった。

「あなたは、どちらに行かれるの」

老婆の問いが思考を遮ったが、美麗は丁寧に答えた。

「東京に」

「そこは、京都に近いの」

「いえ、飛行機を乗り換えます」

「まあ、残念。じゃあ、出口までご一緒してもらえないのねえ」

あわよくば、孫娘と会うまでのガイドを頼むつもりだったようだ。

「関空に着いたら、ゲートまで連れていってくれるよう、現地のスタッフに、ちゃんと私が伝えてあげますよ」

「ご親切にありがとう」

そこで離陸前の確認のアナウンスがあり、老婆の口を封じてくれた。

さて、どうやって王に接触しようか、と考え始めたがすぐにやめた。美麗の視野に入る場所に陣取って、わざわざ大きな声で存在をアピールしたのだ。向こうから手を打ってくるだろう。ならば、リラックスして待てばいい。

老婆のおしゃべりを断ち切る意味もあって、美麗はヘッドフォンを着けて目を閉じた。

最近ニューヨークで売り出し中という女性ジャズピアニストの、エネルギッシュな曲が流れてきた。

ピアノを弾いていたのが随分昔のようだ。もしかすると、もう二度とピアノに触れる機会がないかもしれない。

シートベルト着用のサインが消えると、客室乗務員《CA》が飲み物のサービスを始めた。美麗がペリエを頼むと、さりげなくメモが手渡された。隣でオレンジジュースをおいしそうに飲んでいる老婆を横目で確認してから、開いた。

〝前方右側の化粧室へ〟

美麗はゆっくりとペリエを飲みながら、ジャズに聴き入った。そして、一曲を聴き終えてから席を立った。

前方右側の化粧室は一つしかない。そこに入ろうとした直前に、「失礼」と男性パーサーに行く手を遮られた。

「安全確認を致しますので」

飛行中に化粧室を安全確認するなんて聞いたことがなかった。この男は、国家安全部の人間に違いない。もし、化粧室にメモでも残っていたら、万事休すじゃないか。

だが、今更焦ったところで、しょうがない。彼女は素直に下がった。パーサーが扉を閉めた時だった。先ほど彼女にメモを渡したCAが、オレンジジュースの空箱を手に背後から戻ってきた。そして、別のメモを美麗の手に握らせた。化粧室の扉が開き、パーサーが「どうぞ」と頷いた。

目当ての物を見つけられなかった失望からだろうか。すれ違いざまに険しい眼差しをぶつけられたが、無視して中に入りロックをした。第二のメモは、もう少し長かった。

〃お父上はご存知です。ひとまず、関空に着くまではおとなしくお待ちください。

なお、隣席の老婆は、鎮の工作員です。

王賢〃

美麗は、どこまでも人の良さそうに見えた老婆の顔を思い出して、顔をしかめた。馴れ馴れしさに若干警戒はしていたのだが、ずばりそのものだと分かると、いい気分はしなかった。メモは細切れにちぎってトイレに流した。

席に戻ると、シートを倒して目を閉じた。これ以上は老婆に関わりたくなかったし、この先のことを考えると、少しでも眠っておくべきだった。

それから、飛行機が着陸態勢に入る直前まで、美麗は眠り続けた。

着陸が心配だとわめく老婆を宥め、着陸後もひとしきり彼女の世話を焼いた後、彼女を振り切るように先を急いだ。

機内から出る時は、でれでれと若い女と一緒に歩く王が背後にぴったりと付いた。無論話しかけてはこないが、彼がそこにいるお陰で、美麗は前方にだけ意識を集中すれば良い。

入国審査ゲートを出た直後だった。二人の男が、美麗の前に立ちはだかった。

「翁藍香さんですね」

中国語で訊ねられた。彼女が頷くと、目の前に金色のバッジの付いた身分証明証が掲げられた。

「大阪府警警備部公安課のものです。あなたを出入国管理法違反の容疑で逮捕します」

さすがに想定外だった。

「何かの間違いでは？」

問答無用で、手錠が掛けられた。他の客が驚いて彼女を見ている。何が起きているのか分からず、美麗は王を探した。彼は日本人用の入国審査ゲートを越えたところで、立ち止まってこちらを見ていた。一瞬だけ視線が合ったが、そのまま若い女と一緒に先に進んでいった。

それは、素直に従えという意味だと察した。とはいえ、日本の警察に拘束されるのはまずい。もしかすると、王も裏切ったのかもしれない。そんな懸念すらあったが、手錠をされた身とあっては、逆らうわけにもいかなかった。

「では、こちらへ」

刑事二人に挟まれて移動した時、あの老婆が驚いたようにこちらを見ているのに気づいた。三人の客が彼女に近づき、何やらさかんに話している。おそらく手下なのだろう。老婆は耳を貸さずに、険しい顔で美麗を睨んでいた。

周囲の晒し者になりながら、美麗は関係者以外立ち入り禁止の扉を抜けて、小さな部屋に通された。

中に入った瞬間、美麗の力が抜けた。部屋で待っていたのは、父、将陽明だった。

「いやあ藍香、驚かせて悪かったね」

13

関西国際空港

「どういうことなの」

「香港国際空港《チエクラップコク》で身柄を拘束されたと聞いてね、すぐに調べさせた。そうしたら、鎮烈がマカオにいるというじゃないか。それで、潜り込ませている間諜に探らせたところ、おまえを拘束しているのが分かった」

すっかり耄碌したと思っていたが、往年の将陽明は健在らしい。

「そう。じゃあ、あの男が私に何をさせようとしているのかも、知っているの？」

「残念ながら、それが今ひとつ分からないんだよ。一体、何が起きた」

「あなたを一〇日以内に、日本で殺すように厳命された」

それを聞いても、陽明は表情一つ変えず、平然と詳細を問うてきた。マカオで、鎮に命じられた全てを父にありのまま話した。

「なぜ、鎮が反旗を翻したのかしら」

「それは、本人に聞いてくれ。いずれにしても、早急に対処する必要があるね。いや、その前におまえに礼を言わねばならない」

礼を言われる理由が分からなかった。

「鎮ではなく、私に忠誠を尽くしてくれたのだからね」

「お父様、私はあなたの娘よ」

「だが、おまえは、私を憎んでいるではないか。母を、そして、恋人を殺した男として。いつか、復讐する機会を狙っているんじゃないのかね」

「悲しいことを言わないで。そんな感情を抱いていたら、私はとっくにあなたの前から消えています」

「嘘でも嬉しいよ。さて、そこで、おまえの考えを聞きたいのだが」

「私をパリに行かせて。マリーヌやピエール、そして貴子さんの安全を確保したいの。いずれにしても私には鎮は、手に負えない。お父様ご自身で何とかしてもらわないと」

「そうだね。久々に北京に行くしかないだろう。だがね、貴子さんから連絡があって、鷺津君がパリで会うと言ってきたそうだ。お前の話と合わせると、これは罠だね。貴子さんが脅迫されて、私をおびき出すように命じられているのだろう」

「分かった。それは私が何とかする」

そこで、甥のことを思い出した。

「北京に行くなら、一華も助けてあげて。北京郊外で双規を受けていると、部長は言っていたの」

父が鼻を鳴らした。

「あいつは、さっさと私を裏切って、パリにいるよ。おそらく貴子さんを脅迫しているのは、あいつだ」

なんてこと！　裏切りの常習犯ではあるが、さすがにやり過ぎだ。

美麗の前に赤いパスポートとハンドバッグが差し出された。

「おまえが今日、日本の公安警察に逮捕されたことは、日本のマスコミに発表する。容疑は、虚偽のパスポートで入国した入管法違反だ。しばらくは、鎮の目もごまかせるだろう。このパスポートで、パリに行けばいい。バッグの中には、藤本香《ふじもとかおり》名義のクレジットカードと日本の免許証、さらにユーロで三〇〇〇ドル分、日本円で一〇〇万円が入っている」

美麗はパスポートを確認した。証明写真ではショートヘアで、眉の形も変わっている。それだけでも随分印象が変わる。

「別室に、メークアップの者を待たせてあるから、任せればいい」

「了解。藤本香のプロフィールについては？」

「バッグの中に。頭に叩き込んだら、トイレに流しなさい」

ハンドバッグを開いて、カネを確認した後、二つ折りになっていたA4サイズの文書を取り出した。

藤本香、東京都世田谷区出身——。生い立ちから、現在に至るまでの細部が記されている。

「携帯電話は置いていってくれ。おそらく、居場所が分かる発信器が付いているはずだからね。バッグに新しい携帯電話を入れてある。それ以外のもの、おまえが翁藍香や美麗であると分かるものは、全てここに置いていって欲しい」

美麗はバッグごと明け渡した。

「くれぐれも貴子さんを頼む」

「ヘルベチカの処分もしなければと思っているんだけれど」

「好きにすればいい。最初からリゾルテ・ドゥ・ビーナスなんぞに興味はないよ」

「ミカドホテルはどうするの？　彼女に返してあげるのかしら」

父の貴子への偏愛を知っての上で、訊ねた。

「問題が発覚した」

「どういうこと？」

「あれは、フィリップ・ビーナスの個人所有になっていた。彼の遺言で、ビーナスグループの社員として、貴子さんが一年間務めない限り取り戻せない」

どこまでもついてない女ね、貴子さん。

「じゃあ、それは気にしなくていいのね」

「私が何とかしてみるよ。とにかく、今は彼女の身の安全の方が重要だ」

さっきからずっと引っかかっていた疑問の正体が、はっきりと脳裏に浮かんだ。

「一つだけ気になることがあるの。鎮部長は、私にお父様を日本で殺せと命じたの。なのに、一華はパリにいるし、お父様もパリに呼ばれている。なぜなんだろう」

「あれはバカだからね。深い意味はないんだろう」

そうだろうか……。陰謀家の鎮が、一華の気まぐれを許すはずがない。父をパリに呼びつけるには、もっと明確な理由があるはずだ。だからこそ、日本で殺れと私に命じているのだろう。

この謎を放置しておくわけにはいかない。同時に、自分の身をしっかり守る必要がある。特に張鋭心にしっぽを掴まれないようにしないと、気づかれたら即刻消される。

「全て了解したわ。お父様の北京での首尾を期待している」

陽明が立ち上がって、両手を軽く広げている。美麗はその胸に抱かれた。

「くれぐれも気をつけてな」

14

パリ

モニカは延々としゃべり続けた。自分がいかに奮闘しているのか、にもかかわらず誰も支援してくれない、こんなことではリゾルテ・ドゥ・ビーナスに未来はない――。

最初は黙って聞いていた貴子だったが、徐々にうんざりしてきた。モニカは、そんな気配すら気づかず、身振り手振りを交えて熱心に話し続けている。

「モニカ、少しは落ち着いてください。あなたは、この会社のトップなんです。あなたの命令に従わない人は、排除すればいいだけの話では」

「それができたら、苦労しないわよ。そんなことをしたら、またマスコミの連中にあれこれ書き立てられるだけでしょう」

「別に構わないじゃないですか。ここは、毅然とされるべきです」

「そりゃあ、あなたは当事者じゃないから何とでも言えるわよ。とにかく、経営陣がフラフラしていると書き立てられるのは避けなきゃならないわ」

「モニカ、ご自分だけが大変だという考えでは困ります。ニコライ不在が続く今、あなたには、企業内で起きる全てに責任がある。それが、社会の常識です。たとえどれだけあなたに非難が及ぼうとも、泰然自若と振る舞っていただかなければ。そんなことでは、お客様も離れてしまいます」

貴子に言われて、モニカはようやく我に返ったらしい。納得したように大きくため息をつくと、ソファに座り込んだ。

「あなたの言う通りね。私が浮き足立ってはダメよね。でも、みんなどうしちゃったんだろう。あれだけ一枚岩だったのに、こんなてんでバラバラになってしまって。フィリップになんてお詫びしたらいいのか。本当に恥ずかしいわ」

「死んだ人のことは、暫く脇におきましょう。今は、モニカが、リゾルテ・ドゥ・ビーナスを動かしているのです。あなたがしっかりとリーダーシップを取らなければ、混乱から抜け出せませんよ」

「そうよね。貴子、じゃあ、アドバイスして」

この人は、こんなに弱い人だったのか。

「辞任表明している取締役を全て、あなたが解任してください」

「そんなことをしたら、会社が回らなくなるわ」

九人のうち、四人が辞意を表明していると、秘書は言っていた。それだけの数を解任するのは確かに問題だが、今は割り切らなければ前に進まない。

「彼らには、経営陣としての自覚がありません。そんな連中は、あなたからクビを言い渡すんです。それで、社内に緊張感が生まれるはずです」

モニカは考え込んでいる。

「彼らを切るのなら、辞表を受理するだけで十分でしょう」

「大切なのは主体者です。あなたに反旗を翻そうとする役員が、半ば嫌がらせで辞任カードを切ろうとしているんです。それを受け入れれば、敗北ですよ」

没落貴族の出身で、プライドだけは極めて高いモニカにとって「敗北」という言葉は、「生き恥」を意味した。彼女の顔付きが明らかに変わった。

「そうね、確かに……。分かった、あなたの言う通りにするわ」

「明日にでも緊急拡大経営会議を開いてください。参加できない者は、テレビ電話で参加してもらいましょう。そしてその場で、あなたが引導を渡すのです。自分の経営方針に従わない者は、社を去ればいい。私は引き留めないと」

いつから自分はこんなひどい事を平気で言えるようになったんだろう。痛い目に遭いすぎて、何かが吹っ切れたのだろうか。

「その手配、任せていいかしら」

モニカのぬるさにうんざりしたが、貴子は了承した。

「事務方は私がやりますが、取締役にだけは、ご自身で直接連絡してください。毅然と問答無用で」

暫く考えていたが、モニカは決然と立ち上がった。そして、秘書に辞意を表明している専務に繋ぐように命じた。

「お出になりました」と秘書から連絡があると、モニカはスピーカーフォンに切り替えた。

「明日、午後一時から、臨時の拡大経営会議を開きます。出席してください」

「いや、モニカ。私はもう辞める身だ。遠慮するよ」

さっそくモニカの気持ちが萎えそうになったのに気づくと、貴子はデスクに近づいて「毅然と！」と口の形で伝えた。

「ジョルジュ、これは命令なの。あなたの退任を私が認めるまで、私の命令に従ってちょうだい」

「悪いが明日は」

そこで貴子が電話を切った。

「反論の余地を与える必要はありません。次に行きましょう」

勇気づけられたのだろう。次からは高飛車になって、相手に必ず出席するようにモニカは命じた。

ジャックを除く全取締役に連絡を終えると、モニカは汗だくになっていた。大きくため息をついて天井を仰ぎ、目を閉じてしまった。貴子はミニバーでコニャックを二人分つぐと、一つをモニカに差し出した。

「お疲れ様でした」

モニカは、貴子のグラスと自分のグラスを勢いよく打ち合わせて乾杯し、一気に飲み干した。

「何だか、急に力が満ちてきたわ。貴子、あなたは逞しくなったわね。ぜひ、副社長として私を支えて」

今や、この会社での地位などに興味はない。だが、最悪の場合は、ここに止まらなければならないのだから、高い地位であるほうがやりやすい。

「ありがとうございます。謹んでお受けいたします。この勢いで、ジャックとマリーヌにも連絡してください」

「えっ、あの二人も？」

「当然です。オーナーであるマリーヌにも、あなたがいかに社長としてふさわしいかをしっかりと見せつけてください。そして、わがまま三昧のジャックにお灸を据えられてこそ、社長です」

さすがにモニカは躊躇している。だが、ここで怯んでは元も子もない。そう判断した貴子は、モニカの秘書に「ジャックを呼び出してください」と指示した。

15

二〇〇七年四月六日　ユーラシア大陸上空

ショートカットも悪くない。機内の化粧室で、藤本香になりすました美麗は、鏡に映る〝別人〟に早く慣れなければと思った。

眉の形を変えて、メタルフレームの眼鏡をかけると、ますます雰囲気が変わる。あとは、注意深く日本人女性になりすませばいい。特に中国国家安全部の連中の目を欺くためには、徹底的に藤本香になる必要があるのだ。

見た目はよく似ているが、中国人女性と日本人女性では、決定的に違う部分がある。

もっとも異なるのは目つきだ。日本人の目は控えめで穏やかな草食動物を思わせる。一方の中国人女性のそれは常に生命力の強さで輝いている。日本では、仕事が出来る女性でも、プライベートでは控えめな雰囲気が好まれるが、中国人女性にそういうタイプはあまりいない。しっかり自己主張するし、何より好奇心旺盛だ。

「大丈夫、香。イケてるわよ」日本語で鏡の向こうの自分を励まして、美麗は化粧室を出た。

飛行機は、あと三時間もすれば目的地のアムステルダムに到着する。さすがに、パリに直接乗り込むのは危険すぎた。

三人掛けのエコノミー席に戻ると、隣の新婚カップルは、仲良く手を繋いで眠っている。安全のため、父は美麗を日本人ツアー客に紛れ込ませた。総勢二三人のツアーの一人として、藤本香はアムステルダムに向かっているのだ。

彼女は到着してからの行動を、頭の中で反芻した。

すぐに姿を消すと怪しまれるので、最初のホテルに投宿するまではツアーに同行するつもりだった。父が準備しているのはそこまでだ。そこからツアーを離れてパリに入る方法は、彼女に任されていた。

パリに到着したら、一華を捕まえねば。

一華について父は、場合によっては処分しろと言っている。相手は甥だが、そのことに良心の痛みはない。あいつこそが、アランを殺した張本人なのだから。陽明から命じられたからアランを拷問にかけたと言っているが、あいつは最初からアランが気に入らなかったのだ。だから、父が目を離した隙に厳しい尋問をして、アランを街に放り出した。そして自白剤で朦朧としているアランは……。

そこで、美麗は強く目をつぶって、想像を止めた。それ以上考えるのは、耐えられない。とにかくあの日の全てを一華は知っているはずだ。たっぷりと痛めつけて、彼の知っている情報を全て吐き出させてから、地獄に送ってやろう。

そのあとで、国家安全部のエージェントや張に気づかれないように、マリーヌとピエールを国外に逃亡させよう。

二人を隠すなら、彼らの脱出に協力してくれる者が必要だ。フィリップの執事を巻き込もうか。彼は、心底故フィリップを敬愛していた。マリーヌをどう思っているのかは定かではないが、フィリップがいまわの際に「マリーヌとピエールを頼む」と託したと聞いている。そうだ、彼がいい。

次は、松平貴子だった。彼女は、既に厳重な監視下にあるだろう。果たして暫く身を隠せという指示に従うかどうか……、従いたくても従えないかもしれない。とにかく邪魔者はすみやかに消して連れ出すしか方法はなさそうだ。

いや、むしろそこは父に委ねるべきか。貴子を日本に連れ帰ったあとのことも父に任せよう。美麗は、安全に彼女を日本に連れ帰るだけでいい。

通りすがりのＣＡに、ブラックコーヒーを頼んだ。カフェインで頭をクリアにしておきたかった。

ここまでは、いい感じだ。最後に残った懸案事項は、張鋭心だった。父が仕込んだカモフラージュにいつまでも騙されているとは思えない。すぐにパリまで追いかけて来るだろう。殺るなら、先手必勝しかない。

それは、かなり難題だった。

美麗は渋い顔で、もう一口コーヒーをすすった。

選択肢は一つしかない。つまり、自分が囮になって奴をおびき出す。

気は進まないし、成功の確率も百パーセントではなかったが、今のところ、これぐらいしか思いつかない。

美麗は携帯電話を取りだした。そこに、ピエールからプレゼントされた携帯ストラップが揺れていた。父に携帯電話を預ける時に、それだけは外して持ってきた。

「いつか、メイの国でパンダを見たいな」と言ってくれたプラスチック製のパンダだ。

ピエール、まさかもう一度会えるなんて思わなかったわ。

それだけでも、この命がけのミッションに挑む価値がある。

美麗は飽きもせず、そのパンダを眺めていた。

16

アムステルダム

ホテルにチェックインすると、美麗は行動を開始した。ビジネスセンターのパソコンで、プリペイド式携帯電話のショップを検索してから、目当ての店に向かった。そして、藤本香名義で、携帯を購入した。

水路沿いの遊歩道に出ると、梁《リャン》に電話を入れた。

「そのまま何も仰らずに、電話を切ってください」

「何を言ってるの」

「後ろにおります」

振り向くと、電話を手にした浅黒い作業員風の男が立っていた。

「何で、あなたがここにいるの！」

英語で話していたのに、思わず広東語で叫んでしまった。

「このまま歩きましょう。監視はないはずですが、念のためです」

梁に英語で囁かれて、美麗は素直に従った。

「一華が裏切りました。彼は今、パリで松平貴子さんに張り付いています」

「裏切ったのは知っている。そんなことを報告するために、わざわざ来たの？」

「一華は、貴子さんを餌に、ボスをおびき出す気です」

父の話は本当だったのだ。だが一華が鎮烈側に付いたのだとしたら、なぜ、父をパリになんて呼び出すのか。将陽明は日本で暗殺されるはずなのだ。どうなっている。

「あなた、父の動きを捕捉しているの」

「昨夜遅くに、北京入りしたのは確認していますが、そこからは不明です。いずれにしても、一華の動きは逐一お伝えしています」

おそらく父は、中南海の共産党中央の要人に圧力を掛けて、国家安全部長の鎮烈排除を画策するだろう。さすがに一日、二日で終えられるとは思わない。罠だと承知でパリに来るとしても、もう少し先になるだろう。

「貴子さんを助けたいのだけれど。彼女をパリから連れ出すのは簡単じゃなさそうね」

「そうですね。二部隊分の工作部隊がパリで待機しているようです。その連中の目的はまだつかめていませんが、貴子さんの監視も一つだと考えるべきでしょう」

「何かいい方法を考えて頂戴。マリーヌの方はどう？」

「監視されています。こちらも、簡単ではありませんが、何とか目処がつきそうです」

観光船が通り過ぎた。セーヌ川でよく見かける天井までガラス張りの船が、ここにもたくさん浮いている。

「ねえ梁、あなた何か隠しているわね。この程度の話なら、わざわざアムステルダムくんだりまで来る必要は無いでしょう」

「パリ警視庁が、ペーター・イール殺害の実行犯としてあなたを指名手配します。おそらく、明日にはマスコミにも発表されるようです」

「イールって誰？」

「ニコライの愛人です」

部屋の片隅で、裸のまま怯えきっていた美少年の顔を思い出した。

「一華が密告したわけ？」

「おそらくは。今日はホテルからあなたをつけてきたのですが、見違えました。一華ですら、すぐには認識できないでしょう。それでも、警戒が必要です」

用心に越したことはないだろう。

「でも、計画は変更しないわよ」

「そうおっしゃらず、私に任せて戴けませんか。あなたは、このままこの街に止まっていてください。その方が安全です」

梁は時々、保護者のような態度を取る。もともとは美麗を鍛えたコーチで、彼女がこの世界に入ってからは、常に副官として仕えていた。今日のことも、命に代えても美麗を守るよう、父に因果を含められているのだろう。

「自分の命くらい自分で守れるわ」

梁は何か言いかけたが、飲み込んだ。

「第一、あなたが行っても、マリーヌも貴子も、言うことなんて聞いてくれないわよ」

「彼女たちをパリから連れ出すために、必ずしも説得する必要はありません。有無を言わせず連れ出せばいいんです」

拉致するつもりなのだ。美麗はむっとして、梁の二の腕を思いっきり摑んだ。

「無理強いするのは、絶対許さないわよ。マリーヌには小さな子どもがいるのよ」

梁は黙り込んだままだ。

「いいわね、梁。私に無断で勝手な作戦の遂行は許さない。分かった？」

渋い顔で特殊工作部隊長は頷いた。

急に肌寒さを感じて、美麗は観光船発着所の待合室に入った。室内にいるのは、黒人の旅行者のグループと白人のカップルが二組だけだ。

美麗が寒そうにしたのを気遣ったのか、梁が二人分のコーヒーを買って来た。

「張の行方はどう？」

「すみません、まだ、つかめていません。パリに向かっていると思われますが、まったく把握出来ていません」

計画を早めた方がいい。張がパリに入る前に、全てを終わらせてしまうのが理想だ。

「とにかく私はアムステルダムを出たい。今夜決行できる？」

「やってみます。場合によっては、替え玉を使えないかもしれません」

「よろしくお願いするわ。あなたは、このまま船に乗って頂戴。私はホテルに戻る。コーヒーをごちそうさま」

紙コップをゴミ箱に放り込むと、突然、ゴミ箱がしゃべった。

「Dank u wel（ありがとう）」

そう言えば、オランダの観光エリアではゴミを捨てると、お礼を言うようにプログラミングされているゴミ箱があると聞いたことがある。

張り詰めていた緊張感がほぐれて、美麗は「こちらこそ、ありがとう」と呟き、待合室を出た。

第八章　スイング

1

二〇〇七年四月六日　アムステルダム

ホテルに戻るとすぐに、美麗は添乗員の携帯電話を鳴らした。

「はい、藤本さん、どうされましたか」

相手はどうやら眠っていたらしい。美麗は構わず、声を張り上げた。

「今、母が急病で倒れたと、日本から連絡がありまして」

「えっ、マジですか」

「今すぐ、日本に帰りたいんです」

「今からですかぁ。それは、困ったなあ。まず、エアチケットが取れるかどうか。それに、相当高額になりますよ」

明らかに手続きを嫌がっている。むしろ好都合だ。

「全部、私が自分でやります。今すぐホテルをチェックアウトしたいんですが、そちらの手配だけお願いできますか」

「仕方ないですね。そういうことなら、ご安心ください。どうせ、もうキャンセルきかないんで、そのまま出ていただいて問題ありませんよ。ただ、返金は一切出来ませんが」

情けない男ね、もう少し親身に心配したらどうなの。

「やむを得ません。五分で下に降ります」

電話を切ると、身支度を始めた。荷物はほどきもしていないから、部屋の指紋を拭けば準備完了だ。

部屋を出る前に、念のためにもう一度チェックを済ませて扉を閉めた。

添乗員は約束よりも五分以上遅れてロビーに現れた。

「本当に大変なことになってしまって、ご心配ですね」

精一杯同情するように声を掛けられたのに礼を言うと、美麗はカードキーを彼に託した。

タクシーに乗り込んだ美麗は、「スキポール空港までお願い」と英語で告げた。そして、買ったばかりのプリペイド式携帯電話で、梁を呼び出した。

「今、ホテルを出たわ。空港に向かいます」と日本語で告げて電話を切った。

渋滞がなければ、空港までは二〇分ほどだ。そこから先をどうするかは決めていないが、いずれにしても飛行機は避けた方がいいだろう。パリ警視庁に指名手配されていれば、空港はチェックが厳しい。指紋でも採られたら、逃げようがなくなる。

車か列車か。移動時間を考えれば、鉄道の方がいい。それに、車は不意に襲撃されると逃げようがないが、鉄道は他の乗客の手前、あまり手荒な真似もできないだろう。

「お客さん、航空会社はどこだい」

オランダ語訛りの強い英語で、運転手が訊ねた。考えてなかった。

「えっと、ＫＬＭ」

「了解。あんた、中国人かい」

「違うわ。日本人よ」

自分のどこに中国人を匂わせるものがあったのか気になった。

「どうして、中国人に見えたの」

「別に理由はないさ。五年ほど前までは、東洋人と言えば大半が日本人だったんだがね、最近はめっきり中国人が増えたんだ。それで聞いただけだよ。俺から見たら、中国人も日本人も韓国人も見分けがつかないから」

たわいない質問と知ると美麗は饒舌になった。運転手に母親が急病で、急に日本へ帰るんだとひとしきり話した。すると、急にスピードを上げてターミナルに滑り込んでくれた。

チップを払うと「気をつけて帰りなよ。ママが無事でいるように、祈ってるよ」と親身になって励ましてくれた。

出発ターミナル入口手前で、背後から声を掛けられた。

「香！　香じゃないの」

小柄な女性が手を振って近づいてきた。

「どうしたの、こんなところで」と美麗の手を握ると、メモが手渡された。

「旅行に来たんだけれど、母が急病で」

「まあ、大変。じゃあ、これから帰るのね。無事を祈っているわ」

それだけ言い残すと女は背を向けた。

メモには、〝ＡＮＡのカウンター前に、臙脂色のベレー帽を被った女性あり。その女性に日本語で「お待たせ」と声をかけろ〟と書かれていた。すぐに小さく握りつぶして、ポケットに入れると美麗は、ＡＮＡのカウンターを探した。

誰もいないカウンターに寄りかかるようにして立つ女性が見えた。臙脂色のベレー帽を被っている。美麗は周囲をしっかりと確認してから、遅れてきた友人のように言った。

「お待たせ」

「あら、香。やっと来たわね」

互いに日本語で交わすと女は先に歩き出して、ターミナルのラウンジバーに入った。

相手はジンライム、美麗はモヒートを頼むと、隅の目立たないテーブルに向かい合わせで座った。

「私が、代わりに日本まで参ります」

どうやら梁は、身代わり要員を間に合わせたようだ。ただ、目の前の工作員は、背丈と体型、ショートカットという点は同じだが、身代わりになれるほど顔だちが似ているとは思えなかった。

「ご安心を。パスポートの写真を交換します。それと、スーツケースもチェンジしますが、大丈夫ですか」

「構わないわ」

相手はさりげなくファッション誌を美麗の方に押し出した。ページの間に、パスポートが挟まっていた。

パスポートを開くと、パンクスタイルの金髪女性がこちらを向いていた。梁が持っていた美麗の顔写真を使って、髪だけ加工したのだろう。

「カツラを被るわけ？」

「パスポートの間に、空港近くのホテルのカードキーが入っています。そこに行って下さい。スタイリストが待っています」

大層なことを、と思ったが黙って頷いた。

「財布ごと交換するように言われています。それと携帯電話ですね」

財布を差し出し、日本から持ってきた携帯電話のパンダのストラップを外そうとした。

「そのままです。ストラップを外さないで下さい」

だが、美麗は無視してピエールからもらったパンダのストラップを外した。

「美麗さん」

「これは必要なのよ。ごちゃごちゃ言わないで。それよりあなた、英語じゃなくて日本語を使いなさいよ。私たちは、日本人同士という設定なんでしょ」

怒りが混じった目で睨まれたが、美麗は気にしない。

「さあ、ちゃんと日本語で話して。藤本香なのよ、あなたは」

美麗が日本語で促すと、相手は口を開いた。

「チケットを買わなきゃいけないから先に行くわ」

「じゃあ、また、東京で」

自分が持参してきたのよりも二回りほど小さなキャリーバッグを手にして、美麗は席を立った。

ホテルの部屋には、梁をはじめ三人の部下が待っていた。

「ちょっと仰々し過ぎない」

「先ほどパリから連絡があり、張の存在が確認されました。用心に越したことはありません」

そうか、厄介事がさらに増えたわけだ。

「彼はちゃんと捕捉できているの」

「分かりません。尾行していた我が方の部下二人と共に消えました」

ということは、部下は消された可能性が高い。

「まあ、いいわ。さっさとやってちょうだい」

美麗は準備が整っている鏡の前に腰を下ろした。すぐにヘアメイク担当が、髪の脱色に取りかかった。

「今後の動きを説明してくれるかしら」

「一八時五六分に、アムステルダム中央駅から、パリ行き最終のタリスが出ます。その席をご用意しました」

タリスとはパリとアムステルダムを結ぶ国際特急のことだ。フランスご自慢の新幹線TGVをベースにしたワインレッドの超特急で、両都市を三時間半弱で結んでいる。

「二等でしょうね」

一等の方が乗り心地がいいが、東洋人の女が一人で乗ると目立つ。

「もちろん。列車は、二二時一二分にパリ北駅に到着予定です。到着する一〇分前に、着替えをして戴きます」

「どうして？」

「駅で警察が待ち構えている可能性があります。念のために、車内販売の制服を用意します。それに着替えて、降りて下さい」

「パンクヘアの社内販売員なんているの？」

ほどなくきれいな金髪が完成したが、すぐにベリーショートにカットされてしまった。

あまり趣味ではないが、見違えたという意味では成功なのだろう。これだとアジア人に見えないかも知れない。

「制帽がありますので大丈夫です。荷物は、別の者が回収します」

梁は駅からの脱出方法とアジトの場所を説明してくれた。それを頭に叩き込んでから、美麗は作戦方針を告げた。

「まず、マリーヌとピエールから行くわ。準備は」

「ほぼ、完了しています」

「周辺の警戒を怠らないで。深夜に私が忍び込んで、マリーヌとピエール、それと、執事を脱出させる」

梁が眉間に深い皺を寄せた。

「二人とおっしゃっていませんでしたか」

「二人じゃ心許ないの。彼が必要よ」

「しかし、拒絶されたら」

「大丈夫、私が説得するわ。お金の方は」

「現金で、一〇万ドル用意しています」

当座の逃走資金としては十分だ。落ち着いたら生活費を送金すればいい。

「三人の脱出後、部隊の一部で屋敷内を捜索して、リゾルテ・ドゥ・ビーナスの株式や債券関係を全部回収して頂戴」

父や貴子を従わせるために必要になるかもしれない書類だった。

梁は黙って頷いた。理由を細かく聞かないのも、彼の長所だった。

「誰か安心できる用心棒を、彼らに付けて欲しいんだけれど」

「安順《アン・ジユン》を付けようかと思っております」

元特殊部隊の男だった。

背後のベッドには、この先に必要な道具類が並んでいる。

「ところで、私には武器はないの？」

「外国人観光客が持つべきではありません」

だが、張に襲われる可能性を考えると、徒手空拳では心許ない。

「キャリーバッグの外側に鋼鉄製の細い剣《スウオード》を仕込ませてあります」

部下が、それを抜いて見せた。上手に使えば効果はあるだろう。

「銃は？」

「それは無理です。鉄道駅にも金属探知機があります」

「ラジカセの中に入れてよ。このなりなんだから、怪しまれないでしょう」

だが、それについては梁は折れる気がないようだ。

「おいやでしょうが、ボディガードを四人付けてあります。何があっても彼らが盾になりますから、その間に逃げて下さい。くれぐれも、あの怪物と闘おうなんて思わないで下さい」

そこで矛を収めた。確かに張と闘うなんて、考えるだけでゾッとする。

「貴子さんの方は、どう？」

「マークはしています。ただ、彼女は一華だけではなく、安全部のエージェントにも監視されています。それを出し抜くのは難しいかと。悪いことは言いません。あちらは諦めましょう」

「ダメよ。あの女は、父を導く重要な餌なの。絶対に捨てるわけにはいかない。そっちは私がやる。私が彼女を日本に連れ帰るわ」

「しかし、その後どうされるんです」

父が中南海での工作に成功して鎮烈を排除できれば、貴子に害は及ばないだろう。そもそも貴子がマークされているのも、父目当てなのだから。

「そこは、父に任せるわ」

「美麗さん、出発の準備をお願いします」

その声で、美麗は立ち上がった。

「ところで、父はどうしてるの」

「その後の消息については、まだつかめておりません。おそらくは中南海周辺にいらっしゃるかと」

もっとも、父が権力争いに敗れてしまえば、いくら頑張ったところで、ピエールも貴子も守れないだろう。それどころか、自分も梁の命もない。ならば、考える必要はない。

「あなたの動きを教えて」

「私は飛行機で一足先に、パリに向かいます。アジトでお待ちするつもりです」

2

二〇〇七年四月七日　パリ

黒塗りのバンから降りると美麗は耳を澄ました。マリーヌが住む邸宅は夜の闇に包まれ、門灯が寂しく灯るだけだ。周囲は深閑として物音ひとつ聞こえない。

〝侵入成功。防犯装置解除、ドア開けます〟

先乗りした工作員の無線を聞いて、美麗は扉の前に進んだ。音もなくドアが開く。僅かの隙間に体を滑り込ませると、足音を立てずに二階まで一気に駆け上がった。そのまま静かにマリーヌの部屋の前に立った。

何かがおかしい。

美麗の勘が、激しく警鐘を鳴らした。

何がおかしいんだろう。

部下たちは、背後で待機している。

〝ねえ、なんか引っかかるんだけど〟

美麗の囁きに、屋敷の外で見張っている部下から〝確認します〟と返ってきた。

〝何も異状はありませんが〟

気のせいなのか……。いや、そんなはずはない。こういう勘は大切にしなければ。

すぐ後ろに控えていた部下に、スコープを用意しろと指示した。

すぐに彼女は作業に取りかかった。

ドアの隙間から室内をのぞくと、マリーヌのベッドの上で、何かがかすかに揺れていた。

〝これは何？〟

スコープを操作していた部下が、上方にカメラを向けて、ズームした。部屋が暗くてよく分からないが、何かが天井から吊り下がっている。その時、美麗は異状の意味を知った。

部下の一人がドアノブを回して引いた。

部屋の明かりを灯すと、天井から吊り下げられたマリーヌの死体が浮かび上がった。

「なんてこと」

美麗は立ち尽くしてしまった。

張の仕業だ……。

死体の中央に何かカードのようなものが張ってある。それを部下が取った瞬間だった。部屋の明かりが落ち、同時に数ヵ所から火の手が上がった。

カードとおぼしき何かは、ポラロイド写真だった。写真には、縛り上げられて泣いているピエールが写っていた。彼の首には、雑な簡体字で書かれたメッセージが掛けられている。

――日本に行って、オヤジを殺してこい。これが最後の警告だ。

「美麗さん、早く逃げて下さい」

部下が強引に彼女を引っ張った。

「その前に確認してくる」

誘拐したと思わせて、実際はピエールを部屋に置き去りにして焼き殺すぐらいのことはやりかねない。

彼女が隣室に移動しようとした時、階下で爆発音がした。

「美麗さん、ダメです。床が抜けます」という制止を振り切り、美麗はピエールの部屋に駆け込んだ。

部屋の中はもぬけの殻だった。だが、同時に爆発が起きて、たちまち火の海になった。

廊下の床の抜ける音が続いた。美麗はベッドサイドにあった自分とピエールが笑顔で写っている写真立てを見つけた。

「美麗さん！」

随分離れた場所で誰かが叫んだ。だが、もはや廊下には戻れない。美麗はベッドにあった毛布を体に巻き付けると、そのまま窓ガラスに体当たりした。

3

寝付けない夜だった　ホテルに戻ったのが午前零時過ぎで、それからシャワーを浴びてベッドに入ったものの、目が冴えて一睡も出来なかった。

日本を発ってから、片時も息を抜けない。疲労は極限に達しているはずなのに、なおも思考だけがものすごい勢いで働いている。

考えることは、パリに向かう機内からずっと同じだった。

――どうするつもりなの、貴子。

だが、今までとは違う理由で、どうしようもなくなってきた。日本社会ではあり得ないような出来事が国際社会では起きる。理屈としては分かっているが、まさか自分が巻き込まれ、当事者になるとは思わなかった。

それだけでも大変なのに、リゾルテ・ドゥ・ビーナスの経営陣の体たらくが重なって、虚しさと憤りで頭がどうかなりそうだった。

その一方で、やけに冷めた自分もいる。絶対に生き残ってやる――。それどころか、もしかするとこの騒動は、ミカドホテルを取り戻すチャンスかも知れないとすら思うようになってきた。

もはや、誰もリゾルテ・ドゥ・ビーナスの行く末なんて心配もしていない。これからトップとして、思う存分ビーナスのラグジュアリーサービスを展開できるはずなのに、モニカは経営者という重責に堪えられず、逃げ出したくてうずうずしている。

——私が留守の間のことは、あなたにすべてまかせるわ。ねえ貴子、あなたは実はピンチに強い。あなたみたいな人こそ経営の仕事に適任なのかもね。あなたの活躍を期待しているわ。私はできたら、サービス向上に専念したいの。

それを聞いて呆れ果てた。それは単なる無責任な逃避じゃないか。だが、その瞬間、悪魔が囁き、貴子はそれを受け入れた。

——もし、私に経営の全権を委任して下さるのであれば、喜んでお引き受けします。

モニカは、造作もないと返した。ＣＥＯの肩書きが欲しいともう一押しすると、それにも応じたのだ。

無論、あくまで面倒な業務を放り投げるための受け皿に過ぎない。

だが、騙されたふりをして、まず副社長に就き、外堀を埋めてしまうのも手かも知れない。

社員を一年続けるよりも、もっと確実にミカドを取り戻せる。そのうえフィリップ・ビーナスが築き上げた世界最高のリゾートグループの存続も自身が手がけられる。それは、これまで考えもしなかったような野望だった。

そんな余裕などないのに。中国国家安全部などという恐ろしい組織に半ば脅迫されてスパイ活動を強要されている状況で、どうやってビーナスの経営再建が出来るというのだ。

一刻も早く将陽明にパリに来てもらって、問題を解決してもらうしかない。朝になったら、もう一度彼に連絡を取ってみよう。

そんなことを考えているうちに、突然、睡魔に襲われた。

どれぐらい眠ったのか分からない。妙な気配を感じて目が覚めた。すぐそばで夜陰に溶け込んだ人影を認めた。

ぎょっとして体を起こして、ベッドサイドのランプを灯そうとした。すると、手が伸びてきて口を塞がれた。そして、ペンライトが灯された。光の先に美麗の顔があった。何か言おうとすると、人差し指が唇に当てられた。

美麗のペンライトが、メモに当てられた。

〝この部屋は盗聴されています。なので、何もしゃべってはいけない〟

頷くと、メモがめくられた。

〝貴子さん、あなたの身に危険が及んでいます。いますぐ、パリから脱出してほしい〟

4

「今、パリを離れるつもりはありません」

パリ郊外にあるアジトに向かう車中で貴子が断言した。それを聞いた途端に、美麗は逆上しそうになった。

「あなた、何を言っているのか分かっているの。マリーヌは、体を切り刻まれて天井から吊るされていたのよ。あなただって、同じ目に遭うかもしれない」

「そうなる原因がありません」

頑として言い張る貴子のコートの襟を摑んで揺さぶった。目の前の女は、怯えきった一般人に過ぎない。ただ、必死で強がっているだけだ。

「貴子さん、あなたが勇敢なのは認める。でも、虚勢を張って無事にいられるような相手じゃないの」

「虚勢じゃありません。あなたが復讐のために命を張っているように、私もミカドホテルを取り戻すために、命がけなんです。今、ここでパリを離れてしまったら、二度とホテルは取り戻せない」

自分の命より、あんな腐れホテルの方が大事だというのか、この女は。

「呆れた。あなたのホテルぐらいなら、父が必ず取り戻してくれるわ」

「お父様は、中国政府からスパイ容疑を掛けられているのでしょう。そんな方が、どうやってミカドホテルを買い戻せるんです」

何を小生意気な。

「父の疑惑は、もうすぐ晴れるわ。あれは、父を失脚させたい男たちの陰謀なの。逆に父が、彼らを破滅させる。だから、安心して」

「そんな話は信じられません」

「ちょっと、あんた！　いい加減にしなさいよ！」

思わず声を張り上げると、車内が緊張感で張りつめた。憎たらしいことに、貴子はなおも踏ん張って抗おうとしている。

「お断りします。そもそもなぜ、マリーヌが殺されたんです。あなたのせいじゃないんですか」

「何ですって」

「あなたが、彼女に関わったからでしょう」

今すぐドアを開いて、蹴り出してやりたかった。高速で走っているのだから、首の骨を折って死ぬだろう。それでも、張に拉致されて切り刻まれるよりはマシだ。

「口の利き方に気をつけなさいよ、貴子さん。私は周囲の反対を押し切って、あなたを救おうとしているの」

「それは迷惑です。今すぐ車を止めて、私を降ろしてください」

貴子の両腕を力任せに摑んで揺さぶった。

「だから、あなた、殺されるのよ！　あいつのサディズムは桁外れよ。何時間も掛けて、生きながら体を解体されるかも知れない。とにかく捕まってしまえば、尋常な死に方は望めない。だから、一刻も早くパリから逃げなければならないの」

「どうぞ、お一人で逃げてください。狙われているのは、私ではなくあなただと思います」

何なんだ、この強気の態度は。

「止めて」

美麗が叫ぶと、車が急停止した。

「じゃあ、お好きに。タクシーでも拾ってお帰りなさい。ただし、どうなっても知らないわよ」

貴子は身じろぎもせずに前方を見つめている。

「今なら、まだ間に合うわ。悪いことは言わない、このまま私と一緒に日本に逃げましょう」

その言葉に反応したように、貴子と目が合った。

「貴子さん、本当に後悔するわよ」

だが貴子は車を降りてしまった。まだ車に戻ってくるのを期待していた。しかし、貴子は一心不乱に歩道を歩いている。美麗は「出して」と運転手に告げた。

勝手に野垂れ死にすればいい。私は、やるだけのことはやったわ。

一体、何のために危険を冒して、パリまで来たというのだ。助けたいと思う者を誰一人救えず、このままパリを離れていいのか。

電話が鳴っていたが、出る気になれなかった。何度か鳴り続けると電話は切れたが、再び鳴った。それが数回繰り返されると、ようやく相手が諦めたようだった。

「美麗さん」

助手席に座っていたボディガードが振り向いて、携帯電話を差し出している。

「お父様からです」

「お父様？」

美麗は驚いて手を伸ばした。

「やあ、藍香。無事で何よりだ。マリーヌのことは残念だったよ」

「今、どちらに？」

「まだ北京だが、空港に向かっている」

つまり決着はついたのか。

「上首尾でしたか」

「当然だ。私は失敗とは無縁だ」

久しぶりに父の自信に溢れた声を聞いた。

「さすが、お父様。で、鎮烈は？」

「今頃、中紀委（中央紀律検査委員会）に拘束されているはずだ」

「張が、ビーナスの幼い遺児を誘拐しました。すぐに解放するように手配して下さい」

急に電話の雑音が酷くなった。

「お父様、聞こえますか」

「張鋭心か……。藍香、少年は諦めてもらうしかないな」

「どういうことです？」

「張鋭心も中紀委から指名手配を受けている。それを知れば、奴はフランス人の幼児の命と引き替えに、命乞いをするだろう。だが、そんなものに応じるわけにはいかないよ」

父への憎悪が一気に蘇ってきた。

「ピエールを犠牲にしたら、中仏間の国際問題になりますよ。それなら、私に時間を下さい。必ず張を見つけて、ピエールを救います」

「藍香、パリで中国人同士が殺し合うのかね。そんな恥をさらすわけにはいかないな」

誰も殺し合うとは言っていない。

「けっして世間を騒がせたりしません。なので」

「張の居場所も分からないのにかね。いいかい藍香、少年は残念だが、もう生きていない。奴が足手まといを生かしておくと思うかね」

聞きたくない言葉だが、その可能性は否定できない。張なら、きっとそうする。

「とにかく、パリ時間で夕刻には、ド・ゴール空港に到着する。出迎えてくれるね」

「鷲津がパリに来るというのは、嘘よ、お父様。貴子が、一華らに脅迫されて言っただけ」

「じゃあ、パリで会おう」

罠だと知っても来るつもりか。そう訊ねる前に電話が切れた。ボディガードに電話を返すと、アジトに急ぐようドライバーに告げた。ひとまず梁と合流して、張を探す方法を考えるのだ。

5

しばらく歩いてから貴子は後ろを振り返った。いつまで経ってもタクシーは見つかりそうにない。

どっと全身の毛穴から汗が噴き出したのが分かる。恐怖と緊張感から解放されたからだろうか。いや、それだけではない。必死で助けようとしてくれる美麗に対する自分の態度にも驚いていた。

だが、本能的に危険を感じたのだ。美麗は助けると言ったが、美麗が関わった人は、謎の死を遂げている。それに、彼女の切羽詰まった態度が、身を預けるのを躊躇わせた。

おまけに今では、一華やパリ警視庁にまでマークされている身だ。ここは、じたばたしても始まらない。

何より、他人の事情に振り回されるのに疲れ果てた。

ようやく普通に呼吸ができるようになって、貴子は歩き出した。タクシーが拾えないなら、歩くしかない。

道路に目をやると、猛スピードで走る二台の車が見えた。道路脇まで出ていた貴子が慌てて歩道の奥に下がった時に一台目が走り抜けた。ところが、二台目は急ブレーキをかけたかと思うと、バックしてきて貴子の前で止まった。

「さあ、乗って」

開いたドアの向こうに、一華がいた。会いたくない相手ばかり現れる。

貴子が逃げるように歩道を走ろうとすると、車から飛び降りた一華に二の腕を掴まれた。

「やめて下さい。声を出しますよ」

「強がらないで。いつ叔母が戻ってくるか知れないんです。そんなことになったら、大変だ」

「何を言ってるんです」

掴まれた手を振り払って、貴子は歩き続けた。

「先ほどパリ警視庁が叔母を殺人容疑で指名手配しました」

驚きで足が止まった。

「彼女が、マリーヌを殺したと?」

「いや、指名手配されているのは、ペーター・イール殺害容疑です」

聞いたこともない名だった。貴子の反応を見て、一華が付け足した。

「ニコライ・ホイットマンの愛人の少年です。その子を叔母が殺した。おそらくニコライを死へと追いやったのも叔母です」

またそんな話。いい加減にして欲しい。

「叔母は中国政府の暗殺者でした。それが今では、命令もないのに、勝手に動いて人を殺している。おそらくマリーヌも、叔母が殺したと思った方がいい」

暗殺者だの、殺人だのという剣呑な言葉を平気で口にするなんて。貴子はパニックになりそうだった。

「詳しくは車の中で話します。だから、とにかく乗って下さい」

半ば一華に押し込まれるように車に乗り込んだ。

「それより、携帯電話をホテルの部屋に置いてきたのは、わざとですか」

美麗がそうするように言ったのだ。携帯電話に発信器と盗聴器が取り付けられているから置いて行けと。

「忘れていたのに気づきませんでした」

一華がジャケットのポケットからそれを取り出した。

「祖父から着信が二度ありました。折り返してもらえますか」

「なぜ、その携帯電話をお持ちなんですか」

「あなたを見張っていた私の部下が、あなたと美麗が部屋を出たのを見て、私に連絡してきました。でも、あなたの携帯は部屋に残されていた。だから部下がピックアップしてきました。この携帯には、発信器が取り付けられています。あなたが、誘拐されても追跡できるようにね」

ものは言い様だった。

「さあ、祖父に連絡して下さい」

「かけてどうするんです?」

「今は、どこにいるのか。予定通りに、明日、パリに来られるのかを聞いて欲しい」

美麗は殺人を犯し、マリーヌは殺されている。こんな事態なのに、一華は平然としている。この男も異常だ。だが、逃げたくてもどうにもできない。貴子は抵抗するのを諦めて、将の番号に折り返した。

「やあ、貴子さん。夜分に失礼しました。起こしてしまったのではないかな」

「こちらこそ、お電話をいただきながら失礼致しました。今、どちらですか」

「北京です。これからパリに向かいます」

いや、パリに鷲津はいない。

そう言えれば、どれほど楽か。だが、一華は貴子のすぐそばで耳をそばだてている。

「私はいつものホテルに泊まります」

「たしか、ル・ロワイヤル・モンソーでしたね。そこのロビーで、明日夜八時頃に会いましょう」

貴子が応じると、将は暫く黙り込んでから言った。

「あなたには、色々ご迷惑をかけて申し訳なく思っていますよ、貴子さん。このお礼は、しっかりと致します。なので、暫くおつきあい下さい」

意味深長な言い回しだと思った。もしかすると、将は全て承知の上で、パリに来るのかも知れない。

「将さんこそ、お気をつけて。お会いできるのを楽しみにしております」

貴子が電話を切っても、一華は何も言わなかった。珍しく腕組みをして考え込んでいる。

「一華さんにも聞こえたと思いますが、明日、午後八時にル・ロワイヤル・モンソーのロビーに、お祖父様がいらっしゃいます。これで、私はお役ご免でよろしいでしょうか」

だが、一華は暫く考え込んでいたかと思うと、携帯電話を取り出して、早口の中国語で会話を始めた。中国語を解さない貴子には、内容は不明だったが、北京とパリの名称は何度も聞こえたので、おそらくは将の件について、誰かと話しているのだろう。

貴子はドアに体を預けて、目を閉じた。

これで、終わりにして欲しい。そう切に願った。

陰謀だの、将一族の血で血を洗う諍いだのは、もうどうでもいい。これ以上は関わりたくない。

「貴子さん、明日の夜もよろしく」

すまなさのかけらもない態度で、一華が自分を見つめている。

「どうして、私が動かなくちゃならないんです。あなた方のご命令通り、お祖父様をパリにお呼びしました。それで十分ではないですか」

「祖父が本当にパリに来るのか確認が取れていません。今、北京発のパリ便の搭乗者名簿を当たっていますが、該当者がいない。きっと、偽名で予約しているのでしょう。それに約束の時刻にあなたが、ル・ロワイヤル・モンソーのロビーにいなければ、祖父も警戒して逃げる可能性もあります」

「パリ警視庁まで巻き込んでいるじゃないですか。空港で捕まえればいいでしょう」

だが、一華は黙って首を左右に振っている。

6

部屋に戻ってベッドに入った途端、貴子は気を失ったように眠った。身の回りで起きていることがあまりにも目まぐるしくて、疲れきっていた。

よほど深く眠っていたらしく、携帯電話のけたたましい着信音が鳴っていたのに、なかなか反応できなかった。ディスプレイにはモニカの名が表示されている。

「貴子！　大変よ、マリーヌの自宅が火事になって」

「それで、皆さんはご無事なんですか」

「生存の望みなしって……」

　モニカが号泣している。

「ニコライに続いて、マリーヌまで。なんでこんな悲劇が続くの。私、怖いわ。今すぐ、こっちに来てくれないかしら」

「承知しました。モニカ、気を確かに」


　モニカは怯えきった顔で、自宅のドアを開けた。

「ああ、貴子。待ってたわ」

　酒臭い。飲んで気を紛らせていたのだろうか。

「しっかりして下さい。社長がこんなことでは困ります」

「社長なんて、今すぐやめるわ。リゾルテ・ドゥ・ビーナスは呪われているのよ」

　冗談じゃないわ。もっと危険な橋を渡らされている貴子は、怒りのあまりモニカの頬を張りたくなった。

「マリーヌの死と、リゾルテ・ドゥ・ビーナスとは無関係です。安心してください」

「本当に？」

　答える前に、モニカの背中をさすってやった。

「住み込みのピアノ教師による殺人事件だそうです。パリ警視庁が、彼女を指名手配したそうです」

美麗には申し訳なかったが、こうでも言わなければ、モニカは落ち着かない。

「あの中国女が犯人だったの!? なんてこと。マリーヌを食い物にした挙げ句に、殺すなんて」

貴子と一緒にいることで落ち着いてきたのか、モニカの声に力がこもってきた。

「ひとまず、シャワーを浴びて、すっきりして下さい。それから、今後の対応についてお話をしましょう」

「あなた、バスルームを見てきてくれない? あの中国女が隠れていないとも限らないじゃないの。だから」

モニカが当然のように要求してきた。

つまり貴子が襲われるのは、構わないというわけか。ますます増幅するモニカの身勝手に呆れながらも、言われた通りに浴室を確かめた。

「誰もいません。大丈夫ですよ」

「ありがとう。勝手にどこかへ行かないでね。私をひとりにしないで」

「当たり前です。だから、ごゆっくり」

背中を押すようにモニカを浴室に押し込むと、貴子は広報担当役員に電話をかけた。

「マリーヌの死を悼む社長コメントを作成していただけますか。それと、午後の拡大経営会議は予定通りに開きます」

「それは、まずくないか。マスコミが騒ぐぞ。マリーヌの死と、ウチの経営陣のゴタゴタには関係があるんじゃないかという問い合わせが、殺到しているんだぞ」

不出来な広報だ。

「拡大経営会議を中止なんてしたら、痛くもない腹を探られるだけじゃないですか。マリーヌの死は悼みながらも、彼女の死とリゾルテ・ドゥ・ビーナスとは無関係だと、社として明言すべきです」

「モニカに代わってくれないか」

「入浴中です。いいですかダグ、私はモニカの意志をお伝えしているんです。彼女に確認する必要はありません」

暫く考えていたようだが、「了解した」とだけ言って相手は電話を切った。

次に拡大経営会議の取り仕切りをしている総務担当の執行役員を呼び出した。そして、会議は予定通り決行と伝えた。また、マリーヌの死については、全て広報を通じて回答し、それ以外の発言は一切認めないと言い添えた。

リビングのソファに座り込んだ。アドレナリンが全身を駆け巡っているからか、寝不足も不安も何もかも吹き飛ぶほど、全身にエネルギーがみなぎっている。

幹部連中の反応を見ていると、マリーヌの死によって起きるであろう社内の混乱を収拾できるのは自分だけだろうと思う。その現実が、自分を奮い立たせている。

一流を気取りたいくせに厄介事には手を染めたくない。リゾルテ・ドゥ・ビーナスの取締役たちは、そんな身勝手な奴らばかりだった。ならば、私が火中の栗を拾ってあげよう。

7

時間だけが無為に過ぎていた。すっかり日が昇っているというのに、遮光カーテンで閉めきったパリ郊外のアジトは夜が明けないままだ。

美麗は無線機を前にして苛々していた。父に咎められても、ピエール奪還を諦める気はなかった。そのためには、張の行方を追うしかないのだが、彼の消息は、杳《よう》として知れない。

それにしても、罠だと知ってなお行動し続ける父の気が知れなかった。鎮烈を制圧できたのであれば、国家安全部の力を使って、一華や鎮の部隊を一掃すればいいだけじゃないか。なのに、なぜわざわざ危険を冒してパリにやってくるのだ。

鷲津に会うためだと言っているが、松平貴子が嘘をついているのは、既に伝えてある。なのに、なぜ……。

「美麗さん」

それまで携帯電話で誰かと話していた梁が、声をかけてきた。

「一華らが、パリから姿を消したようです。また、彼に操られていた日本の外交官やパリ警視庁の警視も同様です。そして、あなたの指名手配が解除されました」

梁が早口でまくし立てた。

「父の仕業なの？」

「だと、思います。あなたも、あの日本人女も、安全になったかと」

「よしてよ、梁。貴子さんはともかく、張が死なない限り私の安全はないわ。それより、まだ行方は摑めないの？」

梁が唇を強く結んでかぶりを振った。

「おそらくは、既にフランスから脱出したかと」

〝日本に行って、オヤジを殺してこい。これが最後の警告だ〟という張のメモが脳裏に鮮明に浮かんでいる。

「張は、ピエールを殺したと思う?」

「残念ですが、状況からするとそうだと思いますが」

「鎮が失脚したのは知っているはずよ。ならば、ピエールは自分が助かるための交渉カードになり得るわよ。何も急いで殺す必要がないわ」

梁の反応はなかった。あまりに自明過ぎて、答える必要がないと思っているに違いない。

ピエール・ビーナスでは、交渉カードにならない、ということだ。美麗はともかく、父は少年の命などなんとも思っていない。ならば、張に対する処分は変わらない。

「私を意のままにしたいのであれば、まだ殺さないと思うけれど」

「美麗さん、私たちの身にもなって下さい。我々は皆、あなたが無事でいられるために、命を張っているのです。なのに」

梁が愚痴を口にするのは珍しかった。つまり美麗の行動が中国国家安全部の工作員として常軌を逸しているという意味だった。

中華人民共和国の大義に命を捧げるために、彼ら工作員は存在する。だが、実際のところ、各部隊は家族のような絆で結ばれている。国家の大義を重んじるのと同じぐらい部隊員の命を尊ぶ。ましてや、美麗は部隊長なのだ。彼女を失うことは、部隊員全員の死を意味していた。

「梁、自分の命を無駄にするつもりはない。でも、私に関わった人が死ぬのは耐えられない」

その考え方は工作員失格、いや、それどころかすぐに身柄拘束されて、北京に強制送還されても文句は言えない。

「父がド・ゴール空港に到着するまではパリに止まって、張とピエールの足取りを追う。それでダメなら、父の指示に従うわ」

美麗の腹の内を探るように、梁がじっとこちらを見つめている。

「承知しました。では、もう一度総力を挙げて張を探します」

携帯電話が鳴った。ディスプレイには、〝非通知〟とある。

「やあ、美麗。まだ、パリにいるな」

「張！　今、どこ？」

美麗が叫ぶとすぐに、梁は逆探知するために無線室に飛び込んだ。

「日本に向かう途中さ。まずは、礼を言って欲しいもんだ」

「お礼ですって？」

「そうだ。ブローニュの森で、あんたを殺せたのに、救ってやったお礼だよ」

荒い息と共に下卑た笑い声が響いた。鳥肌が立つような不快感が、全身を駆け巡った。

「ふざけないで。鎮烈は中紀委に身柄を拘束されたわ。それは、知っているわよね」

「だったら、どうだというんだ。それで、おまえに課された命令が解除されたとでも」

「そうよ。あなたも、すぐに投降しなさい」

また、嫌らしい笑い声が響く。

「おいおい、何を言っている。鎮烈の身柄がどうなろうと、俺には関係ない。それに、俺には、何のお咎めもないんだ。何しろ、中華人民共和国最強の刺客だぞ。ただ、主が替わるだけだ」

「あなたの新しい主が、そう命じているのよ」

「誰のことだ」

「将陽明に決まっているでしょう」

「バカな。鎮烈を政治力で排除したような男を、党中央が国家安全部のトップに据えると思うのか」

張の声は確信に満ちていた。出任せを言っているようには思えない。

「もう一つ、いいことを教えてやるよ。おまえは、将陽明排除命令を、鎮烈が独断で下したと思っているだろう。だが、それは違うぞ。確かに鎮烈は、おまえの親父さんを毛嫌いしていた。それでも、さすがに独断で消せる相手ではない。もっと上からの命を受けての決断だったんだ」

あり得ない話ではなかった。対日抗争時代からの英雄である父を、煙たがる党幹部がいてもおかしくない。

「誰の命令だというの」

「知らん。だが、最高幹部の誰かから出たのは間違いない。ついに将を消せるお墨付きがもらえたと、鎮が小躍りして俺に教えてくれたんだ」

ならば、父はまだ安全ではないわけだ。そして、美麗に対する暗殺指令も生きている……。

「だったら、ピエールを解放しなさい」

「おまえがちゃんと日本に来たら、そうしてやるよ」

無線室から出てきた梁が、申し訳なさそうに首を横に振っている。どうやら逆探知は無理のようだ。

「彼を電話に出して」

「いいとも。ほら、小僧、何か話せ」

「もしもし《アロー》」

間違いない。ピエールだ。

「ピエール、メイよ」

「メイなの!? 助けて! 僕を助けて」

「今どこにいるの？」

「だから、言ったろう。日本に向かっている途中だと」

張が割り込んで、また笑った。

「日本に来い。場所は、おまえの親父の定宿だ」

「でも、父はパリに向かっているのよ」

「それは気にしなくていい。おまえは身一つでくればいいんだ」

電話はそこで切れた。手にしていた携帯電話を壁に投げつけようとしたのを、梁に止められた。

「残念ながら、世界中の中継局を経由して、発信源を混乱させています」

「父の暗殺命令は、まだ生きている」

「しかし、鎮烈は既に失脚したんですよ」

「もっと上からの命令だと張は言っている」

美麗は手のひらで、壁を力任せに叩いた。

「あんなごろつきの言葉を信じるんですか。生き残るための出任せに決まっています」

「かもしれない。でも、ピエールがまだ生きていたの。だから、父が本当に夕方、ド・ゴール空港に現れたら、日本には行かない。でも、父がいない時は、そのまま日本に向かう」

8

シャルル・ド・ゴール空港

サングラスをかけた美麗は、リムジンの運転手の制服を着て、到着ゲートの真っ正面でプラカードを持って立った。
〝歓迎　アラン・ウォード様〟と日本語で書いた。さすがに将陽明と書くわけにはいかず、ならば父が分かる名前の中から、一番ショッキングな名を選んだのだ。

梁の強硬な主張で、美麗の周囲はボディガードで固められている。梁本人も観光客の格好で、背後を固めている。

父が乗っている便は不明だったが、電話があった時刻から推定すると、午後四時半到着予定のエールフランスか、その二〇分後に到着する中国国際航空の便しか考えられなかった。そして、美麗は午後八時の日本航空成田行きを予約してあった。

彼女に対する指名手配の解除は怪しいと判断して、ボディガードたちは、パリ警視庁の動きにも目配りをしている。

また、一華も、フランスを出た可能性が高かった。追っ手を察して逃げたと思われる。

一方、リゾルテ・ドゥ・ビーナスの記者発表に潜り込んだ部下の話では、松平貴子が社長に就任したという。

命を張って得たものが、そんな程度かと嗤いたくなったが、命が無事ならそれでいい。

〝エールフランス便が、定刻通り到着しました〟

連絡が入って、美麗は眼前に集中した。父も変装しているかも知れない。いや、本当に復権したのならば、そんな必要はない。逆に変装していれば、追われる身である証拠になる。

そして父が現れなければ、日本に戻って、私は張に命じられるままミッションを遂行しなければならないのだろうか。

そんなことは追い詰められた負け犬が出任せを言ったのに過ぎないと、梁は取り合わなかった。父の復権を美麗以上に強く信じているにもかかわらず、梁は独自ルートで、父に対して発令されていた暗殺指令の状況を必死で確認している。

父の抹殺を指令したのが上層部であれば、指令は継続している。鎮烈を排除するほどの力を見せつけたことで、発令者はより強く父を消し去りたいと思うかも知れない。

権力とは、厄介なものだ。権力に仕えている間は、不満はあっても不安はない。ところが、いざ自らが権力の座に就くと、途端に不安が頭をもたげるのだ。自分を脅かす者を全て排除したいという心理が働く。

父の排除も、そういう類のものだろう。

将陽明は、力を持ちすぎた。その上、国を挙げてカネの亡者を目指す人民国家を厳しく非難している。

時代錯誤も甚だしい男は、一刻も早く取り除くに限る——。権力者がそういう考えに至るのは、自然の流れといえた。

〝バゲージクレームです。陽明《キング》とおぼしき人物は見あたりません〟

〝アジア人に見えるとは限らないぞ〟

梁が厳しく返している。

そう言っている間に、正面の自動ドアが開き、到着便の客が吐き出された。アジア人だけではなく、黒人にも注意を払ったが、彼女が手にするプラカードに反応した者も、父とおぼしき人物も見つけられなかった。

〝最後は、車いすの老人です。東アジア系だと思われます。顔は確認できませんでした〟

〝人相着衣を詳しく説明しろ〟

梁が早口で命じた。

〝黒の正装です。右手に龍の頭の付いたステッキを持っています。銀髪で、黒のサングラス。身長は、一七〇センチほどでしょうか〟

〝付き添いは？〟

〝エールフランスの制服を着た男性が車いすを押しています〟

それだけ目立てば、見落とすことはなかろう。そう思っている矢先に、当該人物が出てきた。

違う、父じゃない。

その老人を、美麗は一瞬で判断した。梁はまだ睨んでいる。やがて、老人が彼らの前を通り過ぎていった。そこで、若いスーツ姿のアジア人が近づいて老人に挨拶をした。

そのアジア人にも見覚えはない。

やはり人違いだった。

〝中国国際航空機が到着しました〟

しかし、そこにも父の姿は見つけられなかった。

なおも諦めきれず、美麗はゲートが見える長椅子に座り込んだ。

「ご本人からの連絡を待ちましょう。別の方法で、入国されているのかも知れません」

梁が慰めた。その可能性もある。だが、美麗は、最初から父はパリに来る気などなかったのだと確信していた。

全てはカモフラージュだ。父は皆の注目をパリに集め、本当の目的地に移動したのだ。

それは、どこだ？

「美麗さん、ひとまず引き上げましょう」

「冗談でしょ。着替えたら、東京に飛ぶわよ」

「美麗さん」

ここは引き下がれない。

その時、小学生ぐらいの少年が、美麗の前に立った。見るからにみすぼらしいでたちだ。

「藍香さん？」

もしかしてピエール？　と思ったが、別人だった。

「そうよ、何かご用？」

「これを渡して欲しいって」

小さな手を開くと紙切れが握りしめられていた。周囲を見渡してから、美麗は笑顔を貼り付けて少年の手から紙切れを取った。

〝無駄足を踏ませて、申し訳ない。暫く、姿を隠す。おまえは、パリで待機していてくれ。必ず、大切な少年も取り戻すから〟

差出人の名はなくても、その筆跡には覚えがあった。

「これをどうしたの？」

「あっちにいたおばちゃんが、渡すようにって」

少年が指さした先に、それとおぼしき「おばちゃん」の姿はなかった。

「おばちゃん、二ユーロくれたよ」

慌てて一〇ユーロ札を少年に渡して頭を撫でた。

「メルシー」

少年が嬉しそうに駆けていった。

手にしたメモを梁が見ていた。

「ボスの指示に従って下さい」

「梁、あなたのボスは私でしょ。私は、日本に行くわ」

美麗は立ち上がると、空港まで乗ってきたバンが駐車してある場所へと向かった。

そこに、日本へと旅立つための全ての道具が用意されていた。

9

パリ

社長就任の会見を無事に済ませても、貴子は解放してもらえなかった。ビーナスグループ幹部らとの胃の痛くなるような会食に参加して、ホテルに戻った時には、午後一時を回っていた。ひと息つく前に、日光にいる妹に電話を入れた。

明るい珠香の声に誘われて、貴子は社長就任の一件を伝えた。

「社長って!? どういうことなの」

珠香は声を張り上げて驚いている。

「誰も火中の栗を拾いたくなかったみたいよ」

「本当かなあ。お姉様が、世界的リゾートグループのトップの座に目が眩んだとしか、思えないんだけれど」

相変わらず辛辣な妹だ。貴子はパンプスを脱ぎ捨て、疲れ果てた両足を解放した。

「そこまでバカじゃないわよ。就任騒ぎがある程度落ち着いたら、すぐに日光を切り捨てるつもり」

「切り捨てる?」

「採算が合わない不良債権というレッテルを貼ればいい。だから、珠ちゃんもあまり一生懸命ビジネスをしないでちょうだい」

貴子がビーナスグループの社長兼CEOに就任できたのは、最高幹部会議で、取締役を欲しないという誓約書を求められて、それに応じたからだ。

ビーナスグループの取締役などなりたいとも思わなかったし、執行役員としての最上位を襲って得た権限を利用して、ミカドホテルを奪還する方が得策だと考えたのだ。

貴子が社長として取り組む中での最重要課題は、不採算部門の切り捨てだと就任時に宣言した。

日光の三つのミカドホテルは、ずっと赤字が続いている。ヨーロッパの富裕層は、日本に対して魅力を感じてはいるものの、彼らが求めているのは、京都や奈良の古都の美しさや、あるいは広島の歴史的遺産だ。

それを理由にして、ビーナスグループとして日光を切り捨てる。

貴子は、昨夜一晩考えた腹案を、妹に告げた。

「なるほど……。すごい案を考えたわね。ミカドホテルと一心同体のお姉様が、ミカドを捨てるなんて関係者が聞いたら世も末だって嘆くわね」

「だからこそ、誰にも疑われないでしょう。それに、これなら買収資金もミカドファンドだけで充分まかなえる」

「ただね、残念ながら、これから日光は桜のシーズンなの。そして、私たちも立て直しをあれこれ考えたおかげで五月末まで満室なの。繁忙期だから売上げは伸びるわよ」

「相変わらず、私は間が悪いわね。何か、いい方法はないかしら」

上着をベッドの上に放り投げ、ブラウスのボタンを外しながら、冷蔵庫からチーズとボルドーの赤ワインを取り出した。

「浪費すればいいんでしょう。任せておいて」

電話を終えた貴子がワインを抜栓しようとしたら、メッセージランプの点滅に気づいた。

「賀一華様という方から、メッセージが届いております」

今さら、何の用だ。

部屋に届けて欲しいと頼んでから、ワインをグラスになみなみと注いだ。

朝から続いた大騒動で、一華の存在をすっかり忘れていた。一口酒を飲むと、ハンドバッグの中に押し込んでおいた携帯電話の電源を入れた。一華に渡されたものだ。

着信履歴と留守番電話を確かめたが、一華からは何もない。

貴子は、ノートパソコンを取り出すと、テーブルの上で開いた。

社長就任に合わせて、グループの再編と再構築を、来月早々に開催が決まった臨時株主総会に提案するための素案づくりを急がなければならない。

小さなノックの音と共に、ドアの下からホテルのロゴの入った書類封筒が差し入れられた。


〝社長就任おめでとう!

辣腕を振るって、ビーナスグループを立て直して下さい。

陰ながら、応援しています。

さて、そんなおめでたい最中に、大変恐縮ですが、もうひと仕事お願いします。

明日の朝発のエールフランスで、日本に行って下さい。滞在日数は二日もあれば充分です。

これで、あなたに対するお願いは最後です。

ただし、無視されると大変なことになりますよ。

成田空港でお待ちしています。

なお、その際には、お預けした携帯電話をご持参ください。

賀一華〟

封筒には、パリ発成田行きのファーストクラスのエアチケットが同封されていた。明日だなんて……。まったく、なんて勝手な。

無視すべきだと思って、封筒をテーブルに投げた時に、写真が一枚こぼれ出た。


〝こんな事態は避けたいですよね〟


嫌な一文が裏にある。

表に写っているのは、日光ミカドホテルの外観だった。その写真には、悪戯がされていた。画像加工で建物が紅蓮の炎に包まれていた。

ぎょっとして写真を放り投げた。ゆらゆらと床に落ちるのを見た時、炎がさらに勢いを増したように見えた。

10

二〇〇七年四月八日　ロシア上空

機内の照明が暗くなっても、美麗は眠らなかった。激しい怒りと迷いが頭の中を駆け巡っている。

冷静になれ。そう自戒するほどに、怒りが沸き上がってくる。

いたいけな少年を誘拐した張。自分勝手な行動をとり続ける父。そして、無力感に苛まれ、冷静さを失っている自分自身……。何もかもが許せなかった。

だが、激情に囚われれば、命取りになる。

飛行機が離陸する直前まで、父と張の足取りを追わせたが、いずれもが痕跡すら摑めなかった。

フランス人の少年を連れた中国人旅行者なら相当に目立つはずなのに、なぜ見つけられないのか。

「ムッシュー、お飲み物を何かお持ちしましょうか」

フランス国籍のビジネスマンとして男装して飛行機に乗り込んでいたのを、美麗は思い出した。黒縁の眼鏡越しに、ＣＡに微笑みかけた。

「日本の酒はあるかい」

「獺祭《だっさい》と浦霞という極上の酒がございます」

獺祭は、一度だけ安《アン》と飲んだ酒だった。六本木でホステスとして働いていた時に、客からもらったのだ。

「獺祭を戴こうかな」

携帯電話を取り出して、パンダの人形が付いたストラップに触れた。

ピエール、本当にごめんね。怖い思いをさせたくはなかったから、私は離れたのに、それが間違いだったなんて。ずっとあなたのそばにいれば、私が守ってあげられたのに。

「まあ、かわいいパンダ。この間、東京の動物園で本物を見たんですけれど、ほんとにキュートでした」

冷酒を運んできたＣＡが、目を細めて話しかけてきた。

「中国の四川省に行けば、赤ちゃんパンダを抱っこできるんだよ」

「本当ですか！　ぜひ、次の休暇で行ってみます」

仕事を忘れたような笑顔になって、ＣＡは喜んだ。安への強い思いと、ピエールの安全を祈って、美麗は懐かしい酒を飲み干した。

11

パリ

身内が危篤なので急遽帰国すると秘書にだけ伝えて、貴子は早朝にシャルル・ド・ゴール空港を目指した。

一華の脅迫に屈するのは悔しかったが、約束を守らなければ、あの男は何の躊躇もなく日光ミカドホテルに火を付けるだろう。

タクシーが市街地を抜けたところで、貴子は珠香に電話した。そして、詳しい話はせずに、妙な中国人がミカドホテルに放火すると脅迫しているので、気をつけてとだけ告げた。

「何よ、それ。気味が悪いわね。お姉様、心当たりないの？」

「将さんの孫よ」

「また将さんがらみ？　ろくでもないことばかりね。警察に連絡してもいいかしら」

どうしたものか。そこまで事を荒立てると、また謎の外務省の役人たちが出張ってきたりしないだろうか。

「そうね。脅迫者を伏せて言える？」

「なぜ、伏せなきゃいけないの。ちゃんと言った方が、警戒もしやすいでしょ」

詳しくは話せないが、国際的な厄介事に巻き込まれているとだけ返した。

「国際的厄介事って、どういうこと？　お姉様、大丈夫？」

だといいんだけれど。

「大丈夫、大したことじゃないから。私が心配性なだけ。でも、将さんの孫はちょっと常軌を逸したようなところがあるから、警戒するに越したことはないと思って」

そんな気休めを鵜呑みにする妹ではない。一華がどんな脅迫をしているのかをもっと具体的に話して欲しいと迫ってきた。

「具体的なことは何も言ってないの。あくまでも念のための用心。じゃあ、お願いね」

電話を切り上げた時、これから日本に向かうのを珠香に告げなかったことに気づいた。

12

成田空港

「ようこそ、王《ワン》さん、日本での滞在を愉しんでください」

やけに親しげな入国管理官に愛想笑いを返して、フランス国籍の中国系ビジネスマン王学《シュエ》に扮した美麗はゲートを通過した。

背後から、台湾人に扮した梁が近づいてきた。彼は携帯電話を取り出すと、強い台湾訛りを効かせてしゃべっている。そういう振りをしているだけで、実際は、到着ロビーで目を光らせている部下の報告を聞いているのだ。

「安全は確認されました」

梁は耳元で素早く囁くと、美麗を追い抜いていった。まだ三人の部下が、美麗を囲むように警護している。空港で襲われる可能性は低い。だからこそ、要警戒だと梁は主張する。「それが、張のやり方」だからだ。

「あの男は、ターゲットが最も油断している時を逃しません」という梁の指摘に異論はない。

だが、張が求めているのは、美麗による将陽明の暗殺だ。しかも、彼には人質というカードがある。ならば、ここで美麗を襲ってくるとは思えなかった。

それでも警戒しているのは、美麗に殺される可能性があると踏んだ張が、先手を打ってくるかも知れないから。

背後でガラスの割れる音がして、美麗は身構えた。

「大丈夫です。そのまま進んで」

髪を金色に染めた女性工作員が、美麗の肘に軽く触れた。振り向くと、フロアにワインが流れているのが見えた。誰かが瓶を落としただけだ。

到着ゲートで、〝歓迎　王学!!〟と書かれたプラカードを手にした子どもがいた。

美麗が近づく前に、先ほどの金髪の部下が、少年に話しかけている。それをやり過ごした美麗は、歩く速度を落とした。

「安准の使いだと言っていますが、未確認です。ボスは予定通り出口に停まっている黒のレクサスに乗ってください」

送迎車の停車場に、日本のハイヤー会社の制服を着た男が立っていた。彼は、美麗を認めると笑顔で近づいてきた。

「王学様ですか」

美麗が頷くと、後部ドアを開いた。車には先客がいた。

「なぜ、パリでじっとしていなかったんだね」

父が険しい顔で美麗を見ていた。慌てて降りようとしたが、すかさず父に手首を摑まれた。ドアは閉まり、助手席に梁が乗り込むと、運転手もすぐにシートに収まった。

「梁、これは重大な裏切り行為よ」

「申し訳ありません。到着してすぐに将様から電話がありました。命令に従うようにときつく言われてしまいました」

「悪いんだけれど、お父様、私は今、別件で取り込んでいます。改めてホテルにお邪魔しますので」

「私を殺しにかね」

まるで食事に誘う程度の口調で言われて、かえって美麗は凍り付いた。

「何を言っているの」

「さもないと、あのフランス人の少年を殺すと脅迫されているんだろう」

「バカなことを」

なおも美麗の手首を握りしめている父の手に力がこもった。

「張の始末は、安准《ジュン》にやらせる。奴なら仕留められるだろう」

「なんで安准が出てくるのよ」

美麗に尽くし、彼女の記憶を封じ込めることに全力を注ぎ、心を守ろうとしてくれた男だった。梁に聞いた話では、安は国家安全部の中でも指折りの優秀な工作員で、将来を嘱望されていたのだという。だが、美麗の件で将陽明の命を無視したため、追放処分を受けたという。

二度と安に接触しないことで、少しでも償いたいと思っていた。なのに、結局は巻き込んでしまった。

腹立ちまぎれに助手席のシートを力いっぱい蹴った。

「いい加減にしないか、藍香」

「大きなお世話よ」

感情をコントロールできなかった。なぜ、安准を犠牲にするのだ。張は、私が落とし前をつけるのだ。それを、なんて勝手な。

「藍香、これは私の命令だよ。黙って私に従うんだ」

こうなれば強行突破だ。懐に隠していたカミソリに手をやった時、梁が動いた。

「出てください。安准からです」

梁は顔色一つ変えずに、携帯電話を差し出している。いつの間にか、カミソリは取り上げられていた。

「もしもし」

「さおりか」

日本語で問いかけてきた。

「安准、勝手なことは許さないわよ」

「勝手じゃないさ。これで、俺は祖国に戻れる」

「安、あんなクソみたいな国に、本当に帰りたいの」

「どうだろう。だが、俺はこの国にも馴染めないよ」

「張は私の獲物なの。あなたの好きにさせない」

「そう言うなよ、さおり。フランス人の少年を連れて、必ずおまえの元に行くから。そうしたら、俺と一緒に飯を食ってくれるか」

美麗は泣きそうになった。

「うん。どこに行く？」

「そうだな、東順永がいいな。あそこの生煎饅頭（焼き小籠包）は、絶品だからな」

新宿五丁目にある店は、二人が出会った頃によく通った店だ。

「安准、絶対一緒に行くのよ。約束よ」

「わかった……ところで、さおり」

「なに？」

「君は、幸せなのか」

そんな言葉は忘れたと返すと、安はうめくような声を漏らした。

そのまま電話は切れてしまった。

「じゃあ梁、後は頼んだよ」

陽明がそう言うと、車が路肩に止まった。すぐに運転手が飛び出してドアを開いた。

「いいかね藍香、ピエールの命を守りたいのであれば、おまえは梁の言うことを聞いて、おとなしくしているんだ」

そう言い残して、父は車を降りた。前方に、黒い高級車が停車し、陽明が乗り込んだ。

なぜ、父はここで車を乗り換えるのだろう。

「父は、どこに行くの」

「存じ上げません」

梁は素っ気ない。

「じゃあ、私たちは？」

今度は返事すらなかった。その時はじめて自分は幽閉されるのだと、美麗は悟った。

13

ユーラシア大陸上空

食事が終わったのを見計らったかのように、突然、隣席に顔見知りが座った。

「これは偶然ですね、まさか帰りも同じ便とは」

外務省の西川大輔が白々しい愛想笑いを浮かべている。

「何かご用ですか」

貴子はことさら冷たく言い放った。

「冷たいなあ。リゾルテ・ドゥ・ビーナス社長ご就任をお祝いしようと思って。ご一緒に、シャンパンでもどうですか」

「遠慮します。そんな気分ではありませんので」

西川はまるで聞こえなかったかのように、通りがかりのＣＡに、二人分のシャンパンを頼んだ。

「いつから、外務省はこんなに図々しくなったんですか」

「皆様に愛される外務省たれと教育されています。松平さん、僕はあなたのボディガードでもあるんですよ」

パリへ向かう飛行機で近づいてきて、西川は似たような発言をした。そして躊躇いもなく貴子を、中国国家安全部の工作員に引き渡したのだ。

「もしかして、あなたの雇い主は、中華人民共和国なんですか」

「なかなか面白い冗談だ。まあ、それはいいとして松平さん、くれぐれも賀一華さんの指示に従ってくださいよ。あなたは、独断専行が過ぎると、評判が悪い」

誰の評判かと問い質したかったが、折悪くＣＡがシャンパングラスを手にやってきた。

「じゃあ、乾杯しましょう。あなたの社長就任と、大命の成就を祈って」

私は、あなたの非礼に罰が当たるのを祈ります、と心の中で毒づいてから一気に飲み干した。

「用件は承りました。一休みしたいので、席にお戻りください」

「つれないなあ。但し、日本に到着した後は、僕の指示に従ってもらいますから、そのおつもりで」

不快感だけを残して、外務省係長の肩書きを持つ中国の下僕は、自席に戻っていった。

成田空港は雨だった。貴子が降りしきる雨の景色を眺めていると、西川が声をかけてきた。

「お荷物を持ちましょう」

西川の申し出を断り出口に向かった。ここから先、一人ではどう動けばいいのかまったく分からない。まあ、いい。必要な指示は西川なり、一華なりが勝手にやるのだろう。

入管手続きのゲートを抜けた直後だった。外交官専用のパスポートをかざして通り過ぎようとした西川が、複数の男達に取り囲まれた。「一体、何事です」という西川の声を聞いて、貴子は立ち止まってしまった。

「西川大輔だな」

西川の正面に立っていた男が、書面を見せていた。

「警視庁公安部の者だ。国家公務員法違反容疑の逮捕状が出ている」

西川の顔つきが強張った。

「何をバカなことを、言ってるんです」

西川が男の脇を通り抜けようとしたが、左右から両腕を摑まれた。

「君たち、失礼はよしてくれないか。国家公務員法違反って、笑わせるな。僕は」

「これ以上、騒ぎ立てないでください。あなたも、手錠を掛けられたくはないでしょう」

刑事の言葉で、西川から虚勢が消えた。一瞬だけ、貴子と視線が合った気がした。刑事達に連行された西川が「関係者以外立入禁止」と書かれた扉の向こうに消えていくのを、貴子は黙って見送るしかなかった。

さて、どうすればいいのだろうか。

途方に暮れながら、携帯電話を起動した。壁際で起動の完了を待っていると、金髪の女性が近づいてきた。首に掛けたカードホルダーに航空会社の身分証が入っている。

「松平貴子さんですね」

日本語を話したが、外国人のように思えた。髪を染めてはいるが、アジア人だろう。

「私と一緒に来てもらえますか」

「あなたは？」

「賀一華の使いの者です」

「西川さんに、何が起きたんですか」

貴子は移動しながら、金髪女性に問うた。だが、まったく反応しなかった。

そもそも彼女に付いていっていいものだろうか。とはいえ、私の帰国を知っているということは、この一件の関係者に違いない。それを蔑ろにできる立場でもない。

スーツケースを受け取って到着ゲートを出たところで、金髪女性が口を開いた。

「あのプラカードを持った運転手に付いていってください」

彼女が指さした先に運転手が立っており、貴子の名前を書いたプラカードを持っていた。指示通りに近づいて名乗ると、貴子の手からスーツケースを受け取り、ハイヤーに案内した。

「どこまで行くんですか」

「すぐ近くのホテルにお連れするように言われています」

貴子が車に乗り込むと、すぐに車が動き出した。シートに体を預けると、先ほどの西川の逮捕劇が蘇ってきた。

彼らは警視庁の公安部だと名乗っていた。やはり、西川は中国のスパイだったのだろうか。

だとすれば、なぜ貴子は拘束されなかったのだろう。不本意ではあるが、貴子もまた中国国家安全部に命じられて、パリから帰国したのだ。西川と同じく一華の手下である貴子に、誰も興味を示さなかったのが不思議だった。

それにしても西川が逮捕されるなり接近してきた女性は本当に一華の遣いなのだろうか。まるで、西川逮捕が想定されていたかのような自然な流れで、彼女は貴子に接触して、空港から連れ出している。

第一、この迎えの車も変だ。

西川が逮捕されなければ、わざわざプラカードを持った運転手など必要なかったはずだ。

「近くのホテルで待っているのは、どなたなんですか」

貴子は思わず訊ねていた。だが、運転手は何も言わない。

まあいい。まともに事情の説明も受けずに、パリから来たのだ。いまさらじたばたしても仕方ない。開き直ると、貴子はずっと握りしめていた携帯電話を開いた。

パリ発信の電話が何本も掛かっていたが全て無視した。今、話せる見通しは何もない。

珠香が留守番電話にメッセージを残していた。

〝サムライ・キャピタルの中延さんに、お姉様のアイデアを説明しました。大胆な！と驚かれたけど、うまく買い取れるよう準備してくださるそうよ。ところでお姉様、なんか切羽詰まっている感じがしたけど、本当に大丈夫？〟

大丈夫じゃないのよ、珠ちゃん。

とはいえ、励みになるメッセージを聞いて、貴子は少し元気が出た。とにかく、ここは日本だ。パリよりは自由がきく。

14

二〇〇七年四月九日　成田

ホテルに到着すると、フロントの前でホテルスタッフが待ち構えていた。どこかに案内してくれるつもりらしい。

客室の扉を開いたところで、焚きしめた香が漂ってきた。それは、一華ではなく別の人物を想起させた。

出迎えたのはチャイナ服の老人で、まるで身内を歓迎するように貴子を部屋の奥へと案内した。部屋が暗いために、そこにいる人物のシルエットしか見えなかったが、誰なのかは識別できた。

「将さん」

「ご無沙汰しています。空港までお迎えに行けず、申し訳ない」

老人は歩み寄って貴子の手を取った。

「貴子さん、元気そうで何よりです。そして、リゾルテ・ドゥ・ビーナスの社長就任、おめでとう」

将の言葉が合図になったように、お付きの者がシャンパンを抜栓した。

「ささやかだが、お祝いをさせてください」

将は、貴子をソファに誘った。

先ほど貴子を案内した老従僕が、シャンパンを二人の前のグラスに注いだ。入口で迎えてくれた時は、随分高齢に見えたが、酒を注ぐ姿を見ると案外若いのかもしれない。

「では、乾杯」

一体、どうなっているのか。何から何まで全く見当がつかなかったが、貴子は素直にグラスに口を付けた。

「安ホテルでね。まともなシャンパンがなくて申し訳ない」

だが、緊張で喉が渇いていた貴子には、十分においしかった。

「とてもおいしいですわ。それに、将さんのお心遣いが嬉しいです」

「そう言ってもらえると、感激ですよ。それと、孫の失礼の数々をどうか許して欲しい。あなたを工作の道具にするなど、言語道断の所業です」

将はグラスを置くと、深々と頭を下げて謝罪した。

「よしてください。将さんに、謝って戴くことではありません」

「そうはいきませんよ。元はと言えば、私と中国の権力者たちとの諍いが端緒ですからな。いずれにしても、二度と一華があなたを煩わせることはありません」

「一華さんは、どうなさっているんですか」

「昔から、凶兆の勘だけは良い男でしてな。まんまと逃げられてしまいました。しかし、いずれしっかりとお仕置きをしておきます」

具体的にどんなお仕置きなのかは、想像しない方が良さそうだ。

「空港での西川さんの逮捕も？」

「あれは、日中友好の妨げとなるものですから、処理しました。お騒がせしてしまいましたが、事前にお伝えするわけにもいきませんので」

いともたやすい話のように語っているが、日本の警察を動かし、外交官を逮捕させる手配までできる者など、そうそういるものではない。

「そこで、社長就任のお祝いとお詫びの気持ちを込めて、ささやかなプレゼントを用意しました。受け取ってもらえますか」

将はマニラ封筒をテーブルに置いた。

「開けてみてください」

否は許さない。そんな気迫に押されるように貴子は、封筒を手に取った。中に入っていたのは、登記簿だった。

「まさか……」

紛れもない。三つのミカドホテルの登記簿謄本が揃っていた。謄本は、ごく最近、権利者の項目が書き換えられている。松平貴子と。

「どういうことなのでしょうか」

貴子にはよく分からなかった。亡くなったフィリップの遺産管理人が、将に脅されでもしたのだろうか。

商品券を贈る程度の軽さで、陽明は時価総額で三〇〇億円にもなろうかという物件を、貴子に譲るというのだ。

「こんなものは、戴けません」

「なぜです。これは、私があなたにお約束したものですよ。何もおっしゃらずに受け取ってください」

確かに将は、ミカドホテルを取り戻すと約束はしてくれた。だが、そのための条件を、自分は何一つ果たしていない。

「受け取る理由がありません」

いや、理由なんていいじゃないか。将がくれるというのだから、喜んで受け取ればいい。そう思いながらも、貴子は謄本を全て封筒に戻して、将の前に押し戻した。

「貴子さん、私が受け取って欲しいんですよ。だからご遠慮なく」

「でも」

将がまた貴子の前に封筒を戻した。

「あなたは受け取らなくちゃいけない。これはね、華さんからのお祝いだと思ってください」

いきなり祖母の名が出て驚いた。思わず覗き込んだ将の横顔は、優しげだった。

「戦時中に、私は反日工作員として日本に潜入していて、華さんに助けてもらったんです」

そう言うと、将は昔語りを始めた。

日中戦争が勃発した後も、大勢の中国人が日本に滞在した。将は、台湾からの留学生として日本に潜り込み、日本の政府情報を中国共産党に流していたのだという。活動の過程で、将は外務省高官の書生となった。そして、ある夏、日光への避暑に同行して長期滞在した。

当時の日光は、夏ともなると外国大使の多くが避暑に訪れ、「夏の外務省は、日光に移る」とまで言われるほどの賑わいを見せた。日光ミカドホテルでも連日、様々なパーティが催されていた。将は外務官僚のお供で、頻繁にホテルに出入りして、華と出会ったのだという。

華は旧旗本の家の出で、津田塾で英語を学び、英国留学も経験した才色兼備で、祖父との大恋愛の末、松平家に嫁いだばかりだった。多くの外国人大使らへの応対も堂に入ったもので、すぐに評判となったという逸話は、貴子も聞いたことがあった。

華を目当てにミカドホテルに来る外国人も少なくなかったという。その結果、ミカドホテルは名実共に夏の社交場として、引きも切らず盛況を見せたのだ。

「輝くばかりの美しい人でした。聡明で、何より大変心の広い方だった」

将が台湾人だと知っても、華の態度は他の客に対するのと変わらなかったのが嬉しかったという。

そして華は、将のような書生たちが自由に出入りできるサロンを別館に設け、夜遅くまで開放したのだという。

「国籍や人種を超えて、血気盛んな若者たちがそこで集い、日本やアジア、そして世界の未来について明け方まで議論したものです。最初は、そこに集う者をスパイするために参加していた私は、すぐに仲間達との刺激的な交流が楽しくなりました。何より、議論に参加する華さんに魅せられた」

華は、互いに敵視する帝国主義的な発想を、若者から変えていくべきだと考えていた。

「アジアは皆、同胞じゃないの。なぜ、いがみ合うのか。侵略ではなく、アジアで友好の絆を築き、欧米列強の誤った帝国主義を糺しましょう」というのが華の主張だったという。そして、「そのためにも皆さんのような将来のエリートが頑張らなければ」と訴え続けたそうだ。

「最初は、なんと世間知らずの女性かと呆れたものです。しかし、彼女の博愛主義は本物でね。憎しみや対立からは何も生まれないと繰り返し主張するだけではなく、日光にアジアの新しい共同体《コミューン》をつくるというプランに、皆が傾いていくだけの情熱があったんです。そして、お恥ずかしい話だが、私は彼女に片思いをしてしまいました」

だが、相手は日本を代表するホテルの御曹司と結婚したばかりの新妻だ。そんな恋心が、成就するはずもない。

「おそらく華さんは、お気づきにすらなっていなかったと思いますよ。でもね、私はすっかりのぼせあがっていたんです」

そんな最中、事件が起きた。日本が太平洋戦争に突入した一九四一年冬、将たちが東京で要人暗殺計画に失敗。中国系の反日工作員が、大勢逮捕された。将は、首謀者として指名手配され、命からがら日光に逃げてきた。

「なぜ、日光に逃げたのかは自分でも説明がつかないのですが。おそらくは、死を意識していたのでしょう。ならば、最後に愛する人を脳裏に刻んでおきたい。そんな風に思ったんだと思います」

若き日の将の姿が、脳裏に浮かんだ。

そして、彼が必死の思いで祖母の前に現れた時、華がどんな反応をしたのかも察しがついた。

「遠くから、見つめるだけで十分だと思っていたんです。しかし、私はホテルの裏山で意識を失ってしまいました」

暖房用の薪を取りに行ったホテルの使用人が、瀕死の将を発見した。使用人が将と顔見知りだったのと、たまたま祖父が留守で、華に報告が入ったことが、将の命を救った。

華はすぐに医者を呼んだ。彼が銃で撃たれたと知ると、将を中禅寺湖ミカドホテルに移し匿った。ほどなく将の行方を追う特高警察が、聴取に来た。華は使用人と医師に口止めをした上で、将の看病を続けた。

「あの時代、それがどれぐらい危険な行為だったのかは、あなたにも想像できるでしょう。私は、何度も関わらないでほしいと、華さんに言ったんです。それと同時に、ずっと彼女に看病をしてもらいたいとも思った……」

夏と打って変わり、冬の日光は冷凍保存されたように寂れる。中でも、中禅寺湖となるとなおのことだ。

「特高警察が華さんを連行したという情報が、中禅寺湖にも届きました。誰かが密告したのだと思います。もはや、これまでだと観念しました。私が自首すれば、彼女の拘束も解かれますから」

その覚悟を決めた時、将の前にひとりの猟師が現れた。将を戦場ヶ原から金精峠《こんせい》を越えて会津に逃がすように、華に頼まれたのだという。

貴子は我が耳を疑った。真冬は今でも金精峠は通行止めになる。その場所を歩いて越境したというのか……。

「華さんの看病の甲斐があって、傷は癒えていました。体力もほぼ戻っていた。だが、私が逃げては華さんはなかなか解放されないかも知れない。私はそれを心配しました。すると、猟師に言われました。華様が国賊のおまえを助けたと分かれば、日光ミカドホテルはおしまいだ。華様は、命を賭けてミカドホテルを守ろうとしているのだから、おまえも必死で逃げろと言われました」

そうだ、華なら将を救うだけではなく、身を挺してミカドホテルの名誉を守ったろう。自分を頼ってきた将は引き渡さない。だが、ミカドホテルに汚名を着せるわけにはいかない。それこそが、ミカドホテルを背負った華の生き方なのだ。

「凄い女性ですよ。あんな傑女には、それ以降の人生でも出会えませんでした。彼女は、私とミカドホテルの二つを、命を張って守ろうとしたんです」

そして、それを成し遂げた。

それに引き替え孫の私は、何と情けない……。

将がそこで、懐から群青色に染めた絹製の匂い袋を取り出した。

「この袋の中にある手紙を、読んでください」

貴子は素直に受け取った。袋の中には小さく折られて皺だらけになった和紙が入っていた。うっかり開くと破れてしまいそうだ。慎重に丁寧に開くと、そこに懐かしい文字があった。

〝陽明さま　極寒の季節に貴方様を、追い出す不始末をお許し下さい。しかし、私が命に代えても守らなければならないミカドホテルのために、ご海容戴ければ幸甚です。
いつの日にか、お互い味方同士となってお会いできる日が参りますように。
愛国心は大切です。でも、その志が殺戮しか生まないのであれば、私は愛国心を捨てて、愛を取りたいと思います。
どうぞ、ご無事で。

華〟

祖母の声が聞こえた気がした。

「それを、あなたに持っていて欲しいんです」

「これは、将さんにとって大切な物では」

祖母の手紙を戻して匂い袋を閉じると、それを将に返そうとした。

「私は、未だに、華さんが望まれたような愛に生きるということができません。それどころか、常に憎悪が渦巻くような環境ばかり自らつくってきた。その手紙を持っている資格はないんです。だから、あなたに持っていて欲しい」

貴子は返事のしようがなかった。

「さあ、年寄りの昔話はこのへんでよしましょう。もう私があなたにその手紙と一緒に、ミカドホテルをお返しする理由は、御理解戴けたはずですからね。華さんのご恩に何一つ報いられなかった私からのせめてもの償いです」

祖母と将の深い因縁は納得した。そうだとしても、三つのミカドホテルの謄本を受け取るのは、あまりにも図々しい。ホテルを取り戻すために必死で闘ってきたとはいえ、こんなにあっさり棚ぼたで与えられていいのだろうか。

「いいんですよ、貴子さん。これは施しではない。あなたは、たくさん苦しんだ。そして、闘ってきた。リゾルテ・ドゥ・ビーナスの社長に就任したのも、ミカドホテルを取り戻すためだ。もう十分ですよ。あなたが後ろめたく感じることなど何もありません。黙って、これを受け取ってください」

将がまた頭を下げた。

匂い袋を握りしめながら貴子は、マニラ封筒を見つめていた。

「二つ、お願いがあります」

まだ、決心できずにいる貴子に、将がそう切り出した。

「あなたの元に鷲津氏が訪ねてくるようなことがあれば、これを渡して欲しい」

分厚い封筒が差し出された。

「彼に伝えたいことをしたためました。但し、あなたから彼に渡しに行ったりしないで欲しい。くれぐれも彼があなたの元を訪ねた時に」

貴子は達筆な文字で「鷲津政彦先生」としたためられた封書を受け取った。

「分かりました。そのように」

「もう一つは、美麗のことです。私の唯一の心残りは、あの娘の行く末です。あの娘を説得してあなたの元へ行くように伝えます。あの娘を、ずっとミカドホテルに置いてもらえませんか」

おやすい御用だ。だが、美麗がそんな命令を聞くだろうか。

「承知しました。美麗さんが望まれれば、いつまでもご滞在戴けるように致します」

気が付くと将が貴子の両手を握りしめていた。

「ありがとう、貴子さん。本当に、ありがとう……」

薄明かりのせいではっきりとは見えなかったが、将の瞳が揺れて見えた。

15

二〇〇七年四月一〇日　成田

幽閉から抜け出すのは、簡単だった。美麗は午前一時になるのを待って、ベッドから這い出た。隣室に二人、おそらくドアの外にも誰かいるだろう。

彼女は音を立てずに、隣室に繫がる扉を開いた。監視役の二人は、テレビを見ている。そっと足音を忍ばせて背後に近づくと、七秒で二人を昏倒させた。

それから自分のスーツケースを開いて、着替えと別の身分証明書などをデイパックに詰め替える。男装を解こうかと思ったが、おそらく追っ手は女を捜すだろうと思い、もう暫く王学でいることにした。新しいワイシャツを着てネクタイを締め、上着を羽織った。これで、準備オッケーだった。

足音を忍ばせてドアに近づくと、ドアスコープで廊下の様子を見た。ドアのそばに二人いる。警護以外に人影がないのを確かめて、彼女は勢い良くドアを開いた。二人に身構える暇も与えず倒すと、先の二人同様、拘束した。

僅かに歪んだネクタイを締め直し、美麗はエレベーターに進んだ。ホールに設置された椅子に女性が一人座っている。一瞬だけ、目が合った。次の瞬間、相手の喉笛を拳で突いて昏倒させた。

鍛え方が足りないわよ、あなたたち。

美麗はエレベーターに乗り込むと、地階に向かった。駐車場があるはずだ。そこで車を調達して、安准を呼び出そう。

美麗はいかにも商談を終えて自分の車に戻るような足取りで、駐車場の車を物色した。目立たない日本車がいい。彼女は白のカローラセダンに近づいた。車の手前で、急発進の音がして身構えた。

黒塗りのレクサスがこちらにやってくる。美麗はスラックスの背に押し込んでいた拳銃に手をかけて車を待ち受けた。

通り過ぎれば良し、停まれば容赦しない。

急停止した車の後部座席が開いた瞬間、銃を構え引き金に指をかけた。

「おっとと、撃たないでくれ。美麗、僕だ」

両手を挙げて、一華が下りてきた。美麗は舌打ちをすると銃をしまい、甥に近づくなり、思いっきり頬を叩いた。

「痛いじゃないか」と一華が言うのと、彼女の背後に人の気配があったのが同時だった。振り向く暇を与えられず、彼女はいきなり口元にハンカチを強く当てられた。

いけない、と思った時には、息を吸い込んでいた。必死で、背後からの羽交い締めに抵抗しようとしたが、全身が怠くなり、次の瞬間にはブラックアウトしていた。

第九章　ファイト

1

二〇〇七年四月一〇日　成田

貴子はソファから身を起こすと、腕時計を見た。午前一時前だった。旅の疲れを癒やすようにと、将が用意してくれた部屋に入った途端、睡魔に襲われた。

華の思い出を聞いたおかげで、久しぶりにおだやかに熟睡できた。それでも、眠りに落ちる前には、靄《もや》が掛かったような状態だった脳は、クリアに冴えている。

冷たいシャワーを浴びたら頭はさらに冴え、将陽明が貴子に語った逸話が、鮮明に蘇ってきた。

祖母への思慕を淡々と語った将に、今まで抱いたこともない不思議な感情が湧いた。

バスルームから出ると、貴子は冷蔵庫を覗いた。ガス入りウォーターを手にベッドに戻って、喉に潤いを与えた。

視線は、テーブルの上に置かれたマニラ封筒に釘付けになっている。

達筆な文字で松平貴子様としたためてある封筒を手にした。

開くと、紛れもなく、それは日光、中禅寺湖、そして鬼怒川のミカドホテルの登記簿謄本だった。所有者は、五日前にフィリップ・ビーナス財団から、松平貴子に移転していた。

背もたれにかけた上着のポケットで、携帯電話が鳴っている。だがすっかり億劫で放っておいた。すると、電話してきた人物の強い意志が反映されたかのように、電話がポケットから滑り落ちた。

ディスプレイを見て、フリップを開いた。

「ああ、やっと繋がった。お姉様、大丈夫」

興奮した珠香の声が、大きく響いた。

「ごめん、眠りこけていたみたいなの」

「そうか……。まあ、強行軍だったものね」

そして、それ以上に異様な緊張感が堪えたのだろう。

「どうやら、本当にミカドホテルは、お姉様のものになったみたい」

将と別れてすぐに、珠香に連絡して登記簿を確認して欲しいと頼んだ。珠香は知り合いのネットワークを駆使して、既に受付を終了している地元の法務局の職員に、ミカドホテルの登記簿の内容を当たらせたのだという。

「五日前に、フランスのフィリップ・ビーナス財団から、お姉様に所有者が移転しているって。建物だけじゃなくて、土地も含めてね。一体、どういうマジックなの？」

貴子は将と会い、華に世話になったお礼にと言われて、移転後の謄本をもらったとだけ告げた。

「将って、あの香港の大富豪の」

そうだと答えると、珠香は大丈夫かと心配した。

「何を気にしているの？」

「だって、数日前は将さんの甥がうちを放火するかもって、お姉様が言ったのよ。なのに今度は三〇〇億のホテルを無条件で買い戻してくれるって、どういうこと？　将さんは福の神なの？　それとも災いの人なの？　信じていいの？」

「混乱させてごめん。結果としては福の神だったみたい」

「私には、信じられない」

それは同感だったが、結果はそうなったのだ。

「で、お姉様、これからどうするの？　いつこっちに戻ってくるの」

成田で足止めされているのは、伝えてあった。

「将さんには、三日ほど、ここを動くなと言われてる。だとすると、そちらには立ち寄れないかも」

「まさか、パリに戻るの？」

当然だ。社長就任直後に、何もかも放ったらかしにして、飛び出してきたのだ。

「もう、あんなクソ会社に義理立てする必要なんてないでしょ。辞表を送りつけてやればいいのよ」

「それはできないわ。それに、社長を辞めるかどうかも決めていない」

「お姉様！　何を考えているの!?」

珠香の憤りは理解できる。だが、何もかも中途半端ばかりだった自分と、この際きっぱりと決別するのだ。

フィリップの遺志を嗣いで、もう一度、リゾルテ・ドゥ・ビーナスを世界最高のリゾートホテルグループに再生する。ミカドホテルという〝人質〟を奪還した後も、その気持ちが変わっていないのに気づいた。

「少し考えたいのよ。余りにも劇的に環境が変化しちゃったから。ひとまず、私は一度パリに戻る。なので、珠ちゃんは、明日、再度、権利譲渡について確認してちょうだい。特に、何か付帯条項が付いていないかも確認してほしい。そうね、サムライ・キャピタルの中延さんに相談して、国際的な企業の営業譲渡に詳しい弁護士さんを見つけてもらって、その登記簿をチェックしてもらった方がいいと思う」

念には念を入れてだ。

それより、自らが珠香に宣言した決断に驚いた。

将から登記簿を受け取った瞬間、これで日光に戻れると安堵した。なのに、「パリに戻る」と口にしてしまった。

珠香の言うとおり、もはや貴子がリゾルテ・ドゥ・ビーナスに縛られる理由などない。あるのは、彼女の意地だけだ。

だが、このまま放り出せば、ビーナスグループはさらに混乱するだろう。ホテルが切り売りされて、四分五裂するのは火を見るよりも明らかだ。

だから、自分は踏み止まりたい。

経緯《いきさつ》は、いろいろあったとはいえ、ビーナスグループが、世界最高のラグジュアリーサービスを提供していることへの敬意は、まったく薄れていない。

豊かな時間を、利用者の立場から徹底的に追求する姿勢を、フィリップ・ビーナスは確立した。ただ高級なだけのホテルとは一線を画す。その美意識は、継承されるべき伝統だった。

そして、叶うならミカドホテルでも、フィリップの思想を染み込ませたい。クラシックホテルという歴史に胡座を掻くのではなく、世界中の利用者に「ミカドがあるから、日光に遊びに行きたい」と言わしめたいのだ。

そのためにも、ビーナスグループをしっかりと再建し、再び輝きを取り戻すために、できるかぎりのことをしたい。

ミカドに戻るのは、それからだ。

身の程知らずは、死ぬまで直らないってことね……。

2

都内某所

激しい頭痛と、両肩と手首の痛みで美麗は意識を取り戻した。

一体、何が起きたんだ。

そうだ、軟禁状態から抜け出したところで、一華に襲われて昏倒したんだ。頭痛は、薬物のせいだろう。

そこでようやく自身が置かれている状態を把握した。目隠しをされている上に、椅子に縛られ、後ろ手に手錠を掛けられている。

中国語で詰問する声、頬を殴る音、呻き声が立て続けに聞こえてきた。

「なあ、爺さん。強情を張っても意味がないのは知っているだろう。だから、素直になって、全部吐き出しちまいなよ」

その声を聞いて、思わず呻いてしまった。

あれは、張鋭心の声だ。

どういうことだ。一華が裏切って、張の手下になったのか。

安准はどうしたの？

返り討ちにあったの？

ピエールは、無事なの！

そう考えた瞬間、拘束されたまま立ち上がろうとして、美麗は前のめりに倒れた。

「なんだ、今のは」

張が気づいたようだ。

「どうやら、叔母が目を覚ましたようです」

一華の暢気な声が答えている。

「一華、あんた、どこまでバカなの!?」

「あらあら叔母様、そんな無様な格好でお説教ですか」

足音が近づいてきたかと思うと、思いっきり頬を蹴られた。

「鼻の骨を折らなかったのは、僕の慈悲ですからね」

誰かが美麗を抱えた。

目隠しが外されると、冷笑する一華の顔が目の前に現れた。躊躇なく血の混じった唾を飛ばしてやった。

「汚ったねえな。何をしやがる」

遠慮なく手の甲が頬に飛んできた。

「ピエールはどうしたの!?」

今度は拳が飛んできた。

「チンピラに用はないわ。張鋭心、ここに来なさい。あんたに話がある！」

巨体が大股で近づいてきた。裸の上半身には誰かの返り血が飛び散っている。

「おい一華、美人を台無しにすんな」

「ピエールは、どこ？」

目の前に、一枚の写真が突き出された。そこに写っているのは、切断された少年の頭部だった。

ああ、ピエール、

「そう言えば、おまえの昔の男も、あの世に送ってやったよ。昔は、とてつもなく強《つえ》え奴だったのに、あっけなかったな。最期はみっともないくらい泣いてたぜ」

安准！

その時、誰かが言葉にならない叫び声で張を罵った。

「お、爺さん、まだ元気だな。じゃあ続きをやろうぜ」

もう一人椅子に縛られて拷問を受けている。

美麗が目をこらした先に父がいた。血塗れの父がこちらを見ている。美麗の喉から悲鳴が溢れた。

「叔母様、うるさいぜ。張同志は、国家転覆を謀った大罪人から、事情聴取をしているんだ。それより僕に感謝してよ。美麗だけは許してやって欲しいと、張同志に頼んでやったんだぜ。だから静かにしとけよ」

「よりによって身内を。許さない……許さない」

また、腹を蹴られた。

「この期に及んでじじいに同情かよ。僕とあんたは、汚れ仕事ばかりをじじいに押しつけられてきた。すべては、将一族の表の二枚看板である沢《ヤン・シエン》昇と英龍《ヤン・ロン》の二人のためだ。そのために、僕達は犠牲になってきたんだぜ」

将家の家訓は、一子相伝。先代の当主が決めた後継者が、将家の全てを引き継ぐのがしきたりだ。美麗ですらその点に関しては疑問に思ったことはない。香港で暮らす華僑にとって、家訓は国家を超える重要な掟だ。それを一華は踏みにじっている。

「あんた、将家の誇りを捨てるの？」

「そんなの、どうでもいいよ。党中央が、僕に、将家を嗣ぐ資格を与えてくれたんだ。だから、もはや将陽明は、必要じゃない」

視線の先で、父が歯を食いしばって苦痛に耐えている。

汗、腐臭、恐怖、怒り……。

吐き気を催す感覚ばかりが、美麗の脳をかき回している。まだら模様だった記憶が一つに繋がりつつある。

汗、腐臭、恐怖、怒り……。

汗、腐臭、恐怖、怒り……。

そして、父のこの世のものとも思えぬ呻き声で、あの時の光景がありありと蘇った。

同じ場所、同じ匂いと怒り。異なるのは、視界の先で苦痛に喘ぐ男だけだった。

「アラン……」

鷲津しか知らない「飯島メモ」の存在を壮絶な拷問で聞き出そうとしている愚か者は、我が甥だ。

「一華、アランは何も知らない。飯島メモが欲しければ、鷲津を拉致するしかないのよ。まだ、分からないの！」

「叔母様、僕は叔母様を骨抜きにした金髪野郎にお仕置きをしているだけだよ」

美麗は我を忘れた。椅子に縛られた身体が、どう動いたか分からないが、一華に体当たりできた。次の瞬間、拷問で変わり果てたアランと目が合った。

その直後、誰かに後頭部を殴られ昏倒した。

目覚めた時、赤いコートを羽織った一華が、アランと共に出て行く姿をぼんやりと捉えた。

美麗は力の限り抗い、遂に自身を縛る縄を解くと、手下の喉元にサバイバルナイフを突きつけて、一華の行き先を尋ねた。

「地下鉄の京橋駅に行った」

焦る気持ちを落ち着かせ、京橋駅へと駆け出した。

駅の階段を駆け下りた時、前方に赤いコートの女に抱きかかえられた、金髪の男性を見つけた。

「ダメでしょ、アラン、こんなに酔っ払って」と一華が言いながら、改札を抜けていった。

「待ちなさい！」

叫び声は聞こえたはずだが、二人は止まらなかった。美麗が追いかけようやくホームに着いた時、ホームの端にいた一華がアランを突き飛ばした。その瞬間、列車が入構した。

周囲が騒然とする中、一華は振り返り、美麗に向かってピースサインをよこした。

呆然と立ち尽くす美麗を尻目に、一華はコートを裏返して、赤から黒のコートに変え、反対車線の列車に飛び乗った。

アラン……。

混乱と恐怖で全身の震えが止まらない。

思い出したくない過去をすべて取り戻した。

その時、張に腕を取られて、陽明の前に引きずり出された。

「おい爺さん、あんたが頑固なのが悪いんだぜ」

張が嬉しそうに言い放つと、美麗を立ち上がらせた。そして、陽明のそばに用意された椅子に再び縛り付けた。

都内某所〜中国某所

3

正視できないほどに父の顔は腫れ上がり、血まみれだった。息をしているのが不思議なくらいだが、張は拷問の達人だ。命は保ちながら最大限の痛みを与えることなど朝飯前だ。

美麗は必死で抗ったが、頬を手の甲で張られて、意識が遠のいた。やがて目の前に、大きな鉈の刃が突き立てられた。

「しっかりとこの女の腕を摑んでおくんだぞ」

張が、両脇の男に命ずると、美麗の両手の縛めが解かれた。そして、右手首を摑まれて板の上に手が置かれた。

「おい爺さん、目をよく見開いて見るんだ。最後のチャンスをやる。おまえが盗んだ文書の在処を吐かねば、おまえの大事な娘の指を一本ずつ、ぶった切る。二度とピアノは弾けなくなるぞ」

「ならぬ。娘に手を出すな」

残虐のかぎりを尽くされ容貌がすっかり変形してしまった父が、渾身の力を込めて椅子ごと立ち上がった。だが勢いよく蹴り倒され、同時に美麗を狙う鉈が振り下ろされた。激痛を覚悟して息を詰めたが、刃は小指の先数センチのところに、突き刺さっていた。

「どうした美麗、さすがに肝を冷やしたか」

張の下品な笑いに答えるように、美麗は「ばーか」と嘲ってやった。張の舌打ちと共に再び鉈が振り上げられた。

「まて、張。分かった。話そうじゃないか。だから、藍香を解放してくれ」

父の声が割って入ってきた。

「お父様、私のことは構わないで、やりたいなら指でも何でも切り落とせばいい」

鉈が再び振り下ろされた。今度こそはと覚悟したが、今度も切断はまぬがれた。

一華が誰かと電話している。それから張に声を掛けた。

「部長からです」

ムッとしたまま張は電話を受け取ると、急にかしこまって電話相手に恐縮している。そして、「承知致しました。もちろんです。けっして背いたりは」と言うなり電話を切った。

「今度、勝手なことをしたら、おまえの首も刎ねるぞ、一華」

携帯電話を一華にぶつけて張が怒鳴った。

「さあ、続けようか。爺さん、今度こそは容赦しない。この女の手首を刎ね落としてやる。見物だな」

次の瞬間、父が「左眼だ!」と叫んだ。

「なんだ?」

「左眼にある!」

思わず父の腫れ上がった顔を見てしまった。そうだった、そこに父の究極の隠し場所があった。

一華が父の左眼に指を突き入れると、義眼が転がり出た。

「裏側に小さなチップが見えるだろう。マイクロチップだ。文書は、全て燃やしたよ」

一華が義眼の裏から一辺が五ミリほどのチップを取り出した。

「張。約束は果たしたぞ、藍香を」

父の声が言いおわらぬうちに、鈍器で肉体が破壊される音と咆哮のようなものがかぶさって聞こえた。全身に父の血を浴びて、美麗の絶叫はいつまでも続いた。

朦朧とした視界の向こうで、数人の男たちが忙しく動き回るのが見えていた。

「おや、お目覚めかい、叔母様。安心しろ、あんたの命は、党の慈悲で救ってやる。今度は、もっと強力な方法で、記憶を封印してやるから。アランの死も、爺さんの死も、フランス人の小僧や安准もな。みんなあんたの記憶から消してやるよ」

そんなこと、認めない……。

そこで、再び意識が遠のいた。

次に気づいた時は、真っ暗な小さな箱の中にいた。きつい菊の花の匂いがする。体がだるい。何とか体を動かして、箱から出ようとした時に、いきなり蓋が開いた。

「困るなあ、死人はちゃんと、棺桶の中でおとなしくしてくれないと。あんたは、日本で死んで、遺族のたっての希望で、このまま棺に入れられて、北京に戻るんだから」

「一華……」

「まだ、しゃべれるというのが驚きだ。ほとんど食事も与えずにいるのに、どんな体力をしているんだ」

「そうだ。日本の新聞に、香港の大富豪がホテルの浴槽で急死という記事が出たよ」

「一華……」

そこで、腕に針の痛みを感じると同時に、ブラックアウトした。

次に目覚めたのは、まばゆい光の中だった。白衣を着た数人の男女が、自分を見下ろしていた。

「安心してください。あなたに心の平安を与えるために、我々は万全を期します」

英語で男が話しかけた。

そんなことは、頼んでいない。

声が出なかった。いや、声帯が麻痺している。

「無理に声を出そうとしてはダメです。記憶と共に、あなたの声も封印してしまう。それが、依頼主の方針です。それでも、命は残る。よろこばしいことじゃないですか」

やめて。

や・め・て。

それが、記憶を失う前の最後の叫びだった。

4

二〇〇七年五月一四日　パリ

思った以上に多数のマスコミが、記者会見に詰めかけていた。

貴子は、ストロボの明滅にも目を逸らさずに、マイクに向かった。

「本日開催されました臨時株主総会で、代表取締役社長として承認されました松平貴子です。代表取締役会長兼最高サービス責任者《CSO》のモニカ・バーンスタインと二人三脚で、リゾルテ・ドゥ・ビーナス再建に尽力して参ります」

あまりにもあっけなく代表取締役就任が決まった。最大の理由は、新たに筆頭株主となった中国の国家ファンドが、貴子の就任を強く推したからだ。

同ファンドは、ヘルベチカ・インベストメントと故マリーヌ・ビーナスが保有していたビーナス株を引き継いで、過半数を保有していた。

どういう経緯で、株式がファンドに移ったのかを知る者は誰もいない。だが、過半数を優に占める株を保有している大株主の意向は絶対だった。

貴子にとっては、狐につままれた気分だった。なぜ、中国国家ファンドが、自分を後押しするのか、まったく分からなかった。実際、彼女に会いにきた王烈《ワン・リエ》という人物と面識もない。

妙に取り繕った笑みを浮かべる王烈は、「複数の人物からの強い推薦がありました。ぜひ、あなたに名実ともにトップになって戴きたい」と告げただけだ。

止めは、貴子の取締役就任に難色を示していたモニカが、一転支持に回ったことだ。おそらくは、王烈との間で、何らかの取り決めがあったのだろう。だが、モニカはまるで最初から、自分こそが貴子の代表取締役就任を最も望んでいたかのように振るまい、取締役会をまとめてしまった。

「中国国家ファンドの傘下に入ったことで、何か大きな変化があるのでしょうか」

〝ル・モンド〟の記者が最初に質問した。

「ファンドは、弊社のサービスと売り上げの向上に我々経営陣が努め結果を出す限り、嘴を挟まないと約束してくれています。また、結果を出すために三年の猶予も与えてくれました」

「日本人の松平さんが、代表取締役に就任する際に、取締役から異論があったとも聞いていますが」

〝ル・モンド〟の記者が、訳知り顔で意地悪く訊ねた。貴子が答える前に、モニカがマイクを手にした。

「フランソワ、そういうデマはよしてちょうだい。貴子の代表取締役就任については、取締役会満場一致よ。それより、これからの私たちの新しいサービスについて説明させてね」

モニカはそう言うと、新プランについて得々と説明した。

モニカには、かつての輝きと自信が戻っていた。

そして貴子自身は気負うことなく、フィリップが築き上げた最高のサービスを守るため、これから三年間はひたすら仕事に打ち込もうと決めている。

エピローグ

★

二〇〇七年五月二三日　宇都宮市中央

栃木県産業会館大会議室で、松平貴子は壇上に立った。一〇〇人分用意した席の大半は、メディア関係者で埋まっていた。

「この度、日光ミカドホテルなど、日光市内で三宿泊施設を運営するミカド・ホールディングズは、世界最大級のリゾートホテルグループ、リゾルテ・ドゥ・ビーナス社から完全に独立致しました」

どれほどこの言葉を欲していたか。ストロボの放列を浴びながら、感無量となった貴子は続けた。

「そして、さらなるサービスの向上と経営刷新を目的にしたミカドホテル支援ファンドとして立ち上がったミカドファンドから、総額一〇〇億円の融資を受け、今後五年間で世界中のお客様から愛されるホテルを目指して精進して参ります」

続いてミカドファンドについて説明した。ファンドは、国内外四つの機関投資家だけでなく、ミカドホテルのファンからも広く出資を募る。ファンドは三〇パーセントの株式を保有し、二人の取締役と四人の社外取締役をミカド・ホールディングズに送り込む。また、事業再生再編責任者《CRO》として、宮部みどりを派遣。宮部は、ミカドファンドに対して四半期毎に経営刷新の進捗を報告すると共に、ファンドからの要望の実現化を進める――。

壇上には、ミカド・ホールディングズ社長に復帰した貴子、副社長の珠香に加え、ミカドファンドの運営責任者、さらには宮部が並んだ。

「平たく言うと、松平さんら創業一族が、ビーナスグループからミカドホテルを取り戻したという理解でいいのでしょうか」

県紙の下野新聞の記者が、最初の質問者だった。

「そうですね。ただ、ビーナスグループとの関係は、大変良好で、日光、中禅寺湖、鬼怒川の各ホテルは、ビーナスグループと様々な業務提携を行います」

将来を見据えるなら、独立後も両者の関係は良好であるべきなのだ。

「松平社長は、リゾルテ・ドゥ・ビーナスの社長も務めておられますが、そちらは継続されるのですか」

フランスの通信社の記者の質問にも、貴子は落ちついて応答した。

「ビーナスグループの経営委員会からクビになるまでは務めたいと思います」

兼務の難しさなども追加質問されたが、リゾルテ・ドゥ・ビーナスは、各ホテルがそれぞれ独立採算制を徹底し、支配人が個性を競い合っているので、社長が担う業務は少ないと返した。

何より、モニカが再びやる気を取り戻してくれたので、サービスの陣頭指揮は完全に任せている。

「会見の内容を聞く限り、ファンと機関投資家の強い後押しによってミカドホテルの独立が実現したように聞こえるけど、実際は、サムライ・キャピタルの軍門に降ったということじゃないんですか」

八島という記者の横柄な質問には、ファンドの運営代表が応じた。

「ミカドファンド設立に当たり、サムライ・キャピタルには大変お世話になりました。しかし、私を含め、ファンド内にサムライ・キャピタルからの出向者はおりません。私は日光出身で、長年アメリカの金融界に籍を置いていましたが、ふるさとの誇りであるミカドホテルの応援をしたいと思い志願しました。他の関係者の多くも、日光や宇都宮の出身者ばかりです」

「だからと言って、鷲津があんたを陰で操っていないという証拠にはなんないでしょ」

随分失礼な物言いだった。貴子が答えを代わった。

「皆様もご承知のように、サムライ・キャピタルの鷲津社長と弊社には浅からぬご縁もございますし、今回もご支援は戴きました。ただし、それ以上にサポート戴くことは、今後ないと思います。これは鷲津社長から私が直接伺ったことですが、ホテルビジネスにご興味はないようです。そもそもミカドホテルの再生にあたり、支援者のプロフィールはさほど重要な要素ではないと考えております。大切なのは、私どもホテル運営者が、お客様のニーズにどこまでお応えできるか。それだけが、ミカドホテルの未来を約束してくれる。そう確信しております」

さらに三〇分近く質疑応答が続いた後、司会者が日光ミカドホテルを国の重要文化財、中禅寺湖ミカドホテル内にあるクスノキを、天然記念物として申請していることを伝えた。

「最後に一つ。松平社長が、一時期総支配人を務めていた熱海にある金色屋についても、私たちのファンドで支援を行うことを決めました。詳細は、改めてご報告致しますが、熱海随一の老舗旅館の再生にもご注目下さい」

ファンド代表者が締めくくった。

★

東京・丸の内

「生憎ですわ、社長。私は御社に会社を譲って欲しいとお願いしているわけではありません。あなたの汚いおしりを、即刻社長室の椅子からどけろと、命じているんです」

「失礼な。君、ウチをどこだと思っているんだ。おまえらのようなハゲタカ外資が、軽々しく買えるカイシャじゃないんだ」

ナオミは、相手が感情を露わにするのを嬉しそうに眺めていた。

愚かな男ども。ちょっと景気が上向いたと思うと、バカな投資をして結局自滅する。なのに往生際悪く、いつまでも社長の椅子にしがみつこうとする。

時価総額は三〇〇億円程度だが、ポリオワクチンの世界的メーカーとして、世界中にワクチンを提供している超優良企業が、バカ息子を社長にしたばっかりにあっと言う間に業績を落として、借金まみれになった。そこでホライズン・キャピタルは、投資銀行から債権を安く買い叩き、社長が担保として預けてあった株も手に入れた。

「御社が、製薬業界でいかに重要なお役目を果たされているかは、重々承知していま す。いや、御社のポリオワクチンは、世界の子どもたちを救っているんです。だからこそ、無能な経営者には、ご退場願いたい。そう、申し上げているんですのよ、社長。あなたには、それ相応のお小遣いは恵んで差し上げます。でも、それがご不満なら、そこにある告訴状を、東京地裁に提出しちゃいますけど、よろしいかしら？」

会社が傾いたのは、若社長が愚かな投資銀行の口車に乗って投資した新規プロジェクトのせいだった。社長は、失敗を挽回するために、途中からは取締役会に諮りもせずに、社の資金を際限なく投入してしまった。

明白な特別背任行為だった。

これ以上、ごちゃごちゃ言うなら、強硬手段に出るまでだ。

社長が、怒りに体を震わせて立ち上がった。

「潔く退任されて男を上げてくださいな。私たちが責任を持って会社を再建します。また、あなたには花道もご用意致しますよ。ですから、これから始まる取締役会で辞意を表明してくださいな。そして、私たちに会社を譲渡すると、仰ってください」

「僕が了解しても、他の取締役が認めるはずがない」

「それは、どうかしらね。多分、ご心配には及びませんよ」

ナオミは、悠然とソファから立ち上がると、社長のデスクを大きく一つ叩いた。

「私は、気が短いの。ほら、とっととサインしてよ」


思ったよりも時間は要したものの、今月二件目のディールを終えたナオミは、取締役会が終わるのを会議室の廊下で待っていた。

丸の内にオフィスを移そうかしら。ここからなら、皇居も見えるし、素敵じゃない。

スラックスに押し込んでいた携帯電話が振動した。

海外からの発信だった。

「ハーイ、ナオミ、元気か」

この世で一番聞きたくない男の声だった。

「あら、一華じゃないの。久しぶり。そういえば、お祖父様は、お気の毒だったわね」

不吉な男の電話だったが、ここは大人の対応が大切だと割り切った。

「ありがとう。僕もようやく偉大なる祖父を失った悲しみに慣れてきたよ」

嘘つきは相変わらずね、一華。

新聞で将陽明の死を知った時、ナオミは心底ゾッとした。新聞では、心不全だとあったが、死の二日前に会った陽明は、矍鑠《かくしゃく》としていた。

きっとヤバイ話なんだ。そう直感した。だから、すぐに陽明から預かった〝親書〟を焼き払って処分した。

一華が、陽明の死に関わっているに違いないとも思った。そして、こんな男とは金輪際つきあうまいと強く心に誓ったのだ。

「それで、ご用件は？」

「アカマ自動車に関心があるんだって？」

ギョッとした。関心があるなんてもんじゃない。だが、それはまだ極秘裏に進めているプロジェクトだった。

「何のことかしら」

「惚けないで欲しいなあ。僕の情報収集力は、よく知っているだろう。どうかな、僕と一緒に組んで、アカマを戴くってのは」

いや、それはごめん被るわ。

「生憎、私は、あんな重厚長大企業に興味はないの。他を当たってちょうだい」

一華が反論する前に、ナオミは電話を切った。すぐに電話が鳴ったが、ナオミは電源を切った。

その時、会議室内で拍手が起きた。

さあ、もう一仕事だ。これが終わったら、譲治《じょうじ》と暫くバカンスにでも行こう。

取締役に招かれるようにして、ナオミは会議室に入った。喝采を浴びる快感の中、ナオミはバカな男たちに愛嬌を振りまくことに意識を集中した。

★

二〇〇七年六月一六日　香港

窓の外で街の明かりが瞬いている。一人で暮らすには大きすぎる屋敷は、香港島の山の頂にある。子供の頃に暮らしていたのだというが、よく分からない。だが、こうして街の夜景を見下ろしていると、なんとなく既視感がある。

屋敷には数人の使用人がいるだけで、訪ねて来るのは、いつも愛想笑いを浮かべていた若い男だけだった。

甥だと名乗っているが、年齢を考えるとあり得ない。冗談が好きな男だから、きっとそれもおふざけのつもりだろう。

食事を終えると、使用人たちは皆、どこかに行ってしまう。美麗は廊下を覗き、人《ひと》気《け》がないのを確かめてから、ピアノの前に座った。

数日前、屋敷の納屋で見つけた楽譜をそっと開く。年嵩の家政婦の話では、自分はピアノが弾けたのだという。そんな記憶はないのだが、楽譜を見れば思い出すかも知れない。そう思って、一人になるのを待っていたのだ。

記憶を失っている自覚はある。だが、なぜ何も思い出せないのかが、分からなかった。

甥は、「とても悲しいことがあったせいだ」と言う。だが、それがどんな悲しみだったのかは、まったく思い出せなかった。

一華と名乗る甥は、「忘れてしまいたいほどの悲しい記憶なんて、思い出さなくていいよ」と取り合わない。

そう言われれば、ますます思い出したくなるのが、人間の性だ。そもそも美麗と呼ばれても、それが自分の名だという実感がない。

思い出すなと言う声が、脳のどこかから聞こえてくる。だが、最近になって凄惨な悪夢に悩まされることが多くなり、何かとんでもない過去があるのではないかと不安だった。

忘れているなら、思い出す努力をしよう。その第一歩が、手にしている楽譜だった。

納屋でそれを見つけた時、自然に指が動いた。もしかして、私はピアノが弾けるのかもしれない。そう思ったのだ。

ピアノは、夜景が眺められる窓辺に置いてある。

大きく深呼吸してピアノの前に座った。人差し指で無造作に白鍵を押してみる。

懐かしい響きが、胸騒ぎのように体を揺さぶる。やはり、自分にとってピアノはとても大切な存在だったのではないだろうか。

美麗は、じっと楽譜を見つめた。香を焚き染めたのか、とても良い薫りがした。

――懐かしい。

どれぐらい見つめていただろうか。指先がうずうずして、鍵盤に引き寄せられた。

たどたどしくはあったが、曲を奏でている気がした。

そうだ、自分はこの曲を知っている、気がする。

声は出ないが、歌詞を口ずさんでいた。

「これは、驚いた。もう、そんなことができるようになったんだね、美麗」

背後から声を掛けられて、驚いて立ち上がった。曲に夢中になっていたせいだろう。まったく気づかなかった。

ソファに腰掛けた一華が拍手してくれた。

「ブラッヴォ、美麗。すごいもんだ。そもそも、そんな楽譜を、どこで見つけてきたんだい」

一華はピアノに近づき楽譜を覗き込んだ。

「何か思い出したのかい？」

優しげではあったが、目は怒っている。美麗は残念そうに首を振ることにした。

「そうか、悲しいもんだな。この曲はあんたには、想い出の曲なのに。まあ、何の楽しみもないんだ。ピアノを弾くぐらい勝手にすればいい。けど、この曲だけはやめた方がいいな」

どうして？

「どうしてかって？　それは、この曲はあんたの忌まわしい過去と関係しているからだよ。それより、明日から、僕と一緒に旅をしよう。久しぶりのスイスだよ。覚えているかい？」

なぜか恐怖を感じた。

「覚えているはずがないか。叔母様の頭の状態をチェックするんだよ。叔母様は今日は早寝して、旅に備えてくれ」

一華はそれだけ言い残すと、ピアノに置かれた楽譜を奪って部屋を出て行った。

“Paper Moon”——その曲について、思い出そう。曲の想い出が蘇れば、悪夢の意味も分かるかも知れない。

美麗はピアノの蓋を閉じてから、指を動かした。楽譜なんてもう必要ない。しっかり指が思い出していた。

この曲を思い出せたら、あの甥と名乗る男と自分の関係も何かつかめるかも知れない。

あの男の薄笑いを見る度に、心中に湧き上がる激しい怒りの意味も。

★

二〇〇七年七月四日　日光・湯川

夜明け前に家を出た貴子は、戦場ヶ原を目指した。

久しぶりの湯川《ゆかわ》だった。

リゾルテ・ドゥ・ビーナスの代表取締役社長として過ごしたパリでの約三ヵ月間は、毎日が息つく暇もないほどだった。とにかくリゾルテ・ドゥ・ビーナスの体制を確立する。そのために、時間を忘れて働いた。なんとかモニカがサービス向上に専念できるようにするための組織変更が落ち着いたところで、貴子は休暇を取った。

昨日の夕刻に日光の自宅に着いたばかりだが、翌朝のフィッシングは、どんなに疲れていても止めるつもりはなかった。

いろは坂を上り詰めたあたりから、霧が立ちこめていた。ボルボのワゴン車の速度を落として中禅寺湖畔を低速で過ぎ、急坂を登る。戦場ヶ原に辿り着くと霧は晴れていた。右手に男体山の雄姿を望むと、貴子は思わず声を上げた。

ああ、戻ってきた。

赤沼茶屋の駐車場に車を止めて外に出ると、七月とは思えない夜明けの冷気が頬を撫でた。

長袖のアングラースーツの上に、ウインドブレーカーを羽織って、茶屋の引き戸を開けた。

「おや、松平のお嬢様、ご無沙汰です。パリからお戻りですか」

「おはよう、おばさん。ちょっと里帰りです。久しぶりに今日は、遊ばせてください」

お代はいらないという女主に、一日分の遊漁券のお金を押しつけると、貴子は車に戻って支度した。

久しぶりに祖父から譲り受けたバンブーロッドを使うつもりだった。もちろん、リールはハーディ社製だ。

随分ブランクがあったのだが、準備するうちに感覚が甦る。

さて、今日の私に、川はどんな恵みを与えてくださるのか。

亡くなった祖父が、準備が整うと天を仰いで呟いていたのを真似て、貴子は心の中で「どうぞ、川のお裾分けを与えてください」と祈った。

平日だからか、釣り人《アングラー》の数はさほど多くない。貴子は、戦場ヶ原の中央を貫く木道を歩きながら、川の状況をチェックした。

夜が明けたばかりの時間帯だけに、カゲロウの成虫が、水面付近で飛んでいるのが何度か見えた。そして、それを狙ってトラウトが背びれを見せるほど浮上するのも、確認できた。

ひとまず、ドライで狙ってみるか……。

気持ちが逸るせいで、歩く速度も速くなった。虫が飛び交う場所で狙おうかと何度か気持ちが揺れたが、今日ばかりは、想い出の場所で釣りたかった。

やっと戦場ヶ原の中程に位置する青木橋に辿り着いた。橋から少し離れたところに、川の流れが渦を巻いている場所がある。そこが、祖父と貴子の一番のお気に入りだった。時折、思わぬ大物を授かる〝聖地〟だ。

キャスティングを開始する前に、貴子は上着のポケットから鈴を取り出した。日光東照宮で、元庭師の富松《とみまつ》がくれた「叶鈴守」だった。あの時は半信半疑だったが、古木の前で祈った願いは叶った。

それを伝えようと富松に連絡を取って、彼の死を知った。遅まきながら弔問し、鈴を返そうとしたが、「願いが叶ったのであれば、お嬢様が一番大切だと思う場所に葬って戴けませんか」と未亡人に言われた。

富松の遺言だという。

「そうすると、この鈴が、いつまでもお嬢様をお守り続けるはずだと申しておりました」

色々考えた末に、場所を決めた。

掌で転がすと、鈴の音は涼しげに響いた。

辛い時、こうして鈴を鳴らして救われたことが何度もあった。そして、どんな願いも信ずれば通じるのだと教わった気がする。

富さん、本当にありがとう。そして、いつまでも、私を見守っていて。

それから掌で転がる鈴を水面に放った。一瞬だけ、日の光に反射した鈴は、たちまち湯川の流れの中に消えた。

幸運にも、先客はいない。貴子は大きく深呼吸して、静かに川に入った。

日光湯川のフライフィッシングには、コツがいる。川のギリギリまで木々が生い茂っているため、キャストの際に、テイクバックを小さくしなければならない。遠くまで投げようとすると、ついテイクバックが大きくなり背後の木の枝に針が絡まって外れなくなってしまう。

貴子は日だまりの下で複雑な流れをしている場所めがけて、軽やかにフライを投げた。

カーボンロッドとは異なる竹独特の重みとしなりを感じながら、貴子は何度かキャストを繰り返した。フライが水面に浸かる寸前にロッドを引いて、いかにもカゲロウが飛んでいるように見せる。

焦らない焦らない。

そんなすぐに、あなたの不器用なキャストには引っかかってくれないからね。

そう自分に言い聞かせて、根気よくフライを水面に遊ばせた。

そろそろ餌を替えようかなと思った瞬間、水面にトラウトの背びれが見えた気がした。

さあ、いらっしゃい。私の餌はおいしいわよ。

貴子はフライに気持ちを集中して、トラウトのアタックを待つ。腕がだるくなってきた時だった。大きな口がフライに飛びついた。

よし！　と心で叫びながらも、同時に逸る気持ちを必死で抑えた。

慌てちゃだめ。奴は今、ごちそうを口にした気でいる。もっとしっかり呑み込んでもらわないと。

リールを緩めて、暫く獲物の好きにさせた。ハーディ社製のリール独特の音が心地よい。

——君は、本当にこのリールと同じだね。

かつて一緒にスコットランドの川でフライフィッシングを共にした恋人に、そう言われた記憶が蘇ってきた。

意味を問うと、彼は笑って答えなかった。貴子が強く求めると、「HARDY――元々は我慢強いという意味だが、その実、中ではたぎるほど燃えさかっている。うっかり触れると火傷しそうだ」と返してきた。

だが、ハーディのように生きるのは、並大抵のことではない。それをこの数年で、痛感した。一人で強く生きようとしても、結局はいつも誰かに助けられてきた。私は〝ハーディ〟でも何でもない。

――もう十分ですよ。あなたが後ろめたく感じることなど何もありません。

将陽明にそう言われた時、ずっと両肩にのしかかっていた何かが消えた。将の微笑が、まるで実の祖父のように思えた。その将も、もういない。新聞には心不全と書かれていたが、本当だろうか。

将の死の原因を詮索しようとは思わないが、せめて将が祖母に寄せた想いはしっかり受け止めなければ。

生きるというのは、フィッシングと一緒だと、今あらためて思う。相手が引けばリールを緩め、相手が押した時、その勢いで一気に巻き上げる――。

その極意を、磨こう。誰かに頼るのではなく、自分一人で獲物を釣り上げるのだ。

ずっと回り続けていたリールが停まった。どうやら獲物が油断したようだ。貴子は一気にリールを巻き上げた。途中で、相手の反発を感じたが、既に勢いで勝っていた。

やがて、ずっしりとした重みが両手に伝わってきた。今だ！

ロッドを勢いよく引いた瞬間、大きなニジマスが川面から引き上げられ、まぶしい鱗を朝日に輝かせた。

「イン★ポケット」二〇一一年六月号〜二〇一三年一〇月号掲載作品を加筆修正しました。

※本作品はフィクションであり、実在の人物、企業、団体などとはいっさい関係ありません。

|著者|真山 仁　1962年、大阪府生まれ。同志社大学法学部政治学科卒業。読売新聞記者を経て、フリーランスとして独立。2004年、熾烈な企業買収の世界を赤裸々に描いた『ハゲタカ』（講談社文庫）でデビュー。「ハゲタカ」シリーズのほか、『虚像《メディア》の砦』『そして、星の輝く夜がくる』（いずれも講談社文庫）、『売国』『コラプティオ』（いずれも文春文庫）、『黙示』『プライド』（いずれも新潮文庫）、『海は見えるか』（幻冬舎）、『当確師』（中央公論新社）、『標的』（文藝春秋）、『バラ色の未来』（光文社）、『オペレーションZ』（新潮社）がある。

公式ホームページ
http://www.mayamajin.jp

ハゲタカ2.5　ハーディ（下）

真山《まやま》 仁《じん》

2017年11月15日第1刷発行

講談社文庫
定価はカバーに
表示してあります

発行者——鈴木　哲
発行所——株式会社　講談社
東京都文京区音羽2-12-21　〒112-8001
電話　出版（03）5395-3510
　　　販売（03）5395-5817
　　　業務（03）5395-3615

デザイン—菊地信義
本文データ制作—講談社デジタル製作
印刷———凸版印刷株式会社
製本———株式会社大進堂

Printed in Japan

ISBN978-4-06-293804-4

講談社文庫刊行の辞

二十一世紀の到来を目睫に望みながら、われわれはいま、人類史上かつて例を見ない巨大な転換期をむかえようとしている。

世界も、日本も、激動の予兆に対する期待とおののきを内に蔵して、未知の時代に歩み入ろうとしている。このときにあたり、創業の人野間清治の「ナショナル・エデュケイター」への志を現代に甦らせようと意図して、われわれはここに古今の文芸作品はいうまでもなく、ひろく人文・社会・自然の諸科学から東西の名著を網羅する、新しい綜合文庫の発刊を決意した。

激動の転換期はまた断絶の時代である。われわれは戦後二十五年間の出版文化のありかたへの深い反省をこめて、この断絶の時代にあえて人間的な持続を求めようとする。いたずらに浮薄な商業主義のあだ花を追い求めることなく、長期にわたって良書に生命をあたえようとつとめるところにしか、今後の出版文化の真の繁栄はあり得ないと信じるからである。

同時にわれわれはこの綜合文庫の刊行を通じて、人文・社会・自然の諸科学が、結局人間の学にほかならないことを立証しようと願っている。かつて知識とは、「汝自身を知る」ことにつきていた。現代社会の瑣末な情報の氾濫のなかから、力強い知識の源泉を掘り起し、技術文明のただなかに、生きた人間の姿を復活させること。それこそわれわれの切なる希求である。

われわれは権威に盲従せず、俗流に媚びることなく、渾然一体となって日本の「草の根」をかたちづくる若く新しい世代の人々に、心をこめてこの新しい綜合文庫をおくり届けたい。それは知識の泉であるとともに感受性のふるさとであり、もっとも有機的に組織され、社会に開かれた万人のための大学をめざしている。大方の支援と協力を衷心より切望してやまない。

一九七一年七月

野間省一